小説 映画

青夏

AO-NATSU

きみに恋した30日

Arisawa Yuki

有沢ゆう希

原作 南波あつこ Namba Atsuko　脚本 持地佑季子 Mochiji Yukiko

Kodansha K·K bunko

小説 映画

青夏

AO-NATSU

きみに恋した30日

contents

1 夏休みの始まり

船見理緒《ふなみりお》は、電車に揺《ゆ》られながら、外の景色を眺《なが》めていた。

東京を出たときにはビル一色の景色だったのに、途中《とちゅう》で在来線《ざいらいせん》に乗《の》り換《か》えてから、見えるものががらりと変わった。車窓《しゃそう》には見渡《みわた》す限《かぎ》り一面の緑が広がり、青空が遠くまで広がっている。


理緒は、手元のスマートフォンに、目を落とした。

開きっぱなしのメッセージアプリには、親友の桜田《さくらだ》あやからの返信が届《とど》いている。

『え？　まじで？　理緒がいない夏なんて、嫌《いや》だ！　さびしい！』

夏休みの間じゅう、おばあちゃんの家に泊《と》まりに行くことになった、という理緒からのメッセージに対しての、返信だ。

やっぱ、驚《おどろ》くよね～……。

呆気《あっけ》にとられるあやの顔が、目に浮《う》かぶようだ。

理緒は苦笑《くしょう》まじりに、返信を打ち込《こ》んだ。

『うん……お父さん海外だし、お母さんも仕事で忙《いそが》しいから。夏休み、田舎《いなか》のおばあちゃん家《ち》に行ってほしいって。ほら、うち弟いるし』

隣《となり》に座《すわ》る弟の颯太《そうた》は、中学一年生。ひさびさに目にする自然いっぱいの風景に感動したのか、窓《まど》の外を食い入るように見つめている。

おばあちゃんの家に泊《と》まりに行くなんて、小学生のとき以来だ。

おばあちゃんが住んでいる上湖村《うえこむら》は山の中にあって、たどり着くだけでもひと苦労。電車を何度も乗《の》り継《つ》いで、しかも最寄《もよ》り駅《えき》からはバスに乗らないといけない。

でも、おばあちゃんに会えるのはうれしいし、自然に囲まれた上湖村の環境《かんきょう》も、東京生まれ東京育ちの理緒にとっては、とっても新鮮《しんせん》だった。

『ねぇ、この間の合コン覚えてる？

タカヤくんと菅野《かんの》くんっていたでしょ？　夏休み遊ばないかって』

矢継《やつ》ぎ早《ばや》に入るあやからのメッセージを読んで、理緒は表情《ひょうじょう》を曇《くも》らせた。合コンで会った男の子たちの顔は、かろうじて覚えている程度《ていど》。一緒《いっしょ》に遊ぶなんて、あまり気が進まない。

それに――。

私《わたし》には、理想の出会い方がある――。

一か月ほど前。理緒はあやに誘《さそ》われて、合コンに行った。渋谷《しぶや》のカラオケボックスで、相手は近くの男子校の生徒。

高校一年生にもなって、合コンに来たのは生まれて初めてで、理緒はちょっと緊張《きんちょう》していた。

あやと並《なら》んで腰《こし》をおろした理緒の席の近くに座《すわ》っていたのが、菅野祐真《ゆうま》と浅島《あさじま》タカヤだ。二人とも、緊張している雰囲気《ふんいき》の理緒に気を遣《つか》ってか、なにかと話を振《ふ》ってくれた。

言葉少なだった理緒が突然饒舌《とつぜんじょうぜつ》になったのは、タカヤに「理想の出会いとかあるの？」

と聞かれたときのこと。

「えっと、例えばなんですけど……旅先とかで迷子《まいご》になった私《わたし》を助けてくれて、後日、その人が同じクラスに転校してきたりして、あれ？　あなたはあのときの？　みたいな！　なんだかそれって文句《もんく》なしで運命の出会いだなって！」

理想のシチュエーションを一所懸命《いっしょけんめい》語ったのに、なぜか周りのみんなは、唖然《あぜん》としているようだった。

「あのさ、理緒ちゃんって、もしかして……彼氏《かれし》とか、いたことない？」

タカヤに聞かれて、理緒は「あ、えっと……はい」と正直にうなずいた。

なんでわかったんだろ？

きょとんとした理緒の前で、タカヤは「やっぱり～」と、大げさにのけぞった。

「運命の出会いなんてあるわけないじゃん」

え？

ますますきょとんとする理緒の隣《となり》で、あやまで「だよね～」と笑っている。

「だからあたし心配になって、今日、無理やり合コン連れてきたんです」

「そうだよ理緒ちゃん、今、目の前にいる俺《おれ》たちのこと見てよ、ね！」

タカヤが冗談《じょうだん》っぽく身を乗り出す。

なに言ってんだよ、と隣《となり》の男子がタカヤの頭をはたいたのを見て、みんなが笑う。なにがおもしろいのかわからなかったけど、理緒も作り笑いを浮《う》かべて、周りに合わせた。

高校生にもなって、そんなことを夢見《ゆめみ》ているのって……子どもっぽいのかな。

でも、私《わたし》はやっぱり、合コンとかじゃなくて——もっと、ドラマチックで素敵《すてき》な出会いがいつか待ってるって、そう信じていたい。


初めての合コンは、どうにも居心地《いごこち》が悪かった。早く帰って弟の夕ごはんも作らないといけないし、タイミングを見計らって早々に帰ることにする。

あやたちにひきとめられ、理緒は「ごめんね」と謝《あやま》りながら、個室《こしつ》を出た。

トイレから戻《もど》ってきた男の子と、廊下《ろうか》で鉢合《はちあ》わせる。

近くの席に座《すわ》っていた、男子二人のうちの一人。優《やさ》しげで、少しタレた目尻《めじり》が印象的《いんしょうてき》な、背《せ》の高い男子生徒だ。

「理緒ちゃん、もう帰っちゃうの？」

「えっと……」

この人、名前なんだっけ……ド忘《わす》れしちゃった……。

困《こま》ったように口ごもった理緒に、

「菅野祐真です」

と、男の子は感じよく自己紹介《じこしょうかい》した。

うー。むこうは私《わたし》の名前覚えててくれたのに、申《もう》し訳《わけ》ないなぁ……。

罪悪感《ざいあくかん》をおぼえつつ、理緒は祐真の横をすりぬけようとした。

「すいません、私、弟にご飯作らないといけなくて……」

ところが、どういうわけか、祐真は理緒を見つめたまま道をあけない。

「あの……？」

「……あ、えっと」

祐真は、言いにくそうに目を泳がせながら、おずおずと切り出した。

「あ、あの……夏休み、一緒《いっしょ》に遊ばない？」

一緒に!?

「な、なんで？」

突然《とつぜん》のことに動転するあまり、ついストレートに聞き返してしまう。

祐真は、困《こま》ったように頭をかいた。

「なんでって……もっと話してみたいし、理緒ちゃんかわいいなって思ったから」

「かわいい……」

そんなこと、男の子に言われたの初めてだ。

ていうか、そんなことをサラッと女の子に言っちゃうなんて……。

「あ、いや、えっと……」

なんと返したものやらわからず、理緒は真っ赤になってしまった。

うつむいた視線《しせん》の先に、すっと、スマホが差し出される。

「え？」

驚《おどろ》いて顔をあげた理緒に、祐真が言う。

「あの、さ……連絡先交換《れんらくさきこうかん》しない？」

「あ、……うん」

なんとなく雰囲気《ふんいき》に流されて、理緒はカバンからスマホを取り出した。ディスプレイの時計表示《ひょうじ》を見て、ハッと跳《と》び上《あ》がる。

もうこんな時間！　はやく帰らなきゃ！

「ごめんなさい！」

がばっと頭をさげると、唖然《あぜん》とする祐真をその場に残し、理緒は猛然《もうぜん》と走り去った。

人ごみをすりぬけて、駅へと駆《か》けていく。

――もっと話してみたいし。かわいいなって思ったから。連絡先交換しない？

祐真に言われたことが、頭の中でぐるぐると渦巻《うずま》いていた。

気持ちはありがたいけど……でも私《わたし》は、運命の出会いをあきらめきれない。

運命って信じちゃいけないのかな。

もしこれが、合コンじゃなくて、運命の出会いだったら。

恋《こい》をして、同じ言葉を言われたら。

きっともっと、ずっとうれしいはずだ——。


「理緒！」

合コンのことを思い出していた理緒は、颯太の声で、はっと我《われ》に返った。

おばあちゃんの家にむかう途中《とちゅう》の、電車の中だ。隣《となり》の席《せき》に座《すわ》った弟の颯太が、大はしゃぎで窓《まど》の外を指さしている。

「見て、見て！」

颯太に促《うなが》されて窓の外を見た理緒は、思わず息をのんだ。

ヒマワリ畑だ。

見渡《みわた》す限《かぎ》り一面に、お日様の絨毯《じゅうたん》みたいに広がっている。

理緒と颯太は、顔を見合わせて、ふふっと笑った。

おばあちゃんの家で過《す》ごす、夏休み。なんだか、東京にないものがたくさん見つかりそうで、わくわくしてきてしまう。

その思いは、電車から一歩降《お》りたとたん、ますます高まった。

うるさいくらいに響《ひび》きわたるセミの声。

聞いたことのない鳥の鳴き声に、青々と茂《しげ》る樹木《じゅもく》。

太陽はカンカン照りなのに、木々に囲まれているせいか不思議とそれほど暑くなくて、すっごく気持ちがいい。

なんだか、素敵《すてき》な夏になりそう！

期待に胸《むね》をふくらませつつ、がらんとした駅前のバス停《てい》で、三十分に一本のバスを待った。

定刻通《ていこくどお》りに来たガラガラのバスに乗って、走ること十数分。

おばあちゃんの家の最寄《もよ》りのバス停で、理緒と颯太は下車した。

バスから降りた理緒は、深呼吸《しんこきゅう》して、新鮮《しんせん》な空気を思いきり吸《す》い込《こ》んだ。

「最高〜っ！」

たっぷりの解放感《かいほうかん》を胸に、大きく伸《の》びをする。

「俺《おれ》、ジュース買ってくるね！」

そう言って、颯太が駆《か》けていく。

理緒は、きょろきょろと辺りを見まわした。

こんなにたくさん鳴いてるんだもん。きっと、どこかにいるよね……。

道路の脇《わき》に広がる森の木に目をやると、一匹《ぴき》のセミが、幹《みき》にしがみついていた。

忍《しの》び足《あし》でそ～っと近づき、ぱしっと羽を押《お》さえる。

セミは、一瞬《いっしゅん》ジジッと鳴いて、すぐに大人しくなった。

「やった！　初セミゲット！」

しかも超《ちょう》オオモノ！

さすが、山の中にいるセミは、東京で見かけるセミよりずっと体格《たいかく》がいい。

いえい！　と、一人ではしゃいでいると、背後《はいご》から声をかけられた。

「すげぇな、もしかして虫好き？」

理緒はセミをつかんだまま、ふりかえった。

そこにいたのは、バイクにまたがった男の子だ。腰《こし》に、『泉《いずみ》』と書いてある前掛《まえか》けをつけていて、いかにも地元の人という感じ。

しかも、すらりと背《せ》の高いイケメンだ。

理緒は、突然《とつぜん》現《あらわ》れた男の子に、すっかり見入ってしまった。

切れ長の目は瞳《ひとみ》が大きく黒々としていて、見ているだけで吸《す》い込《こ》まれてしまいそうなほど。長めの前髪《まえがみ》が、くっきりとした二重《ふたえ》にかかっていて、それがなんだか物憂《ものう》げな雰囲気《ふんいき》を醸《かも》し出《だ》している。

「観光客の人っすか?」

男の子に聞かれて、ぼーっとしていた理緒はようやく我《われ》に返った。

はっとした拍子《ひょうし》に手から力が抜《ぬ》けてしまい、セミがジジジッと鳴いて逃《に》げていく。

「あ、あの、観光っていうか……」

「そっち、見ました?」

男の子に言われ、理緒はきょとんと首をかしげた。

そっちって、どこのこと?

男の子に連れられてやってきたのは、すぐ近くの川だった。

さっそく土手を下りて、川底をのぞきこんでみる。流れはごくゆるやかだ。水は驚《おどろ》くほど透明《とうめい》で、川底の砂粒《すなつぶ》まではっきりと見える。

ちょろちょろと泳ぎまわる魚に気が付いて、理緒は歓声《かんせい》をあげた。

「すっごーい！　魚がいっぱいいる！」

「よかった、よろこんでくれて」

理緒の背後《はいご》で、男の子がうれしそうに言う。

その笑顔《えがお》がまぶしくて、理緒はまたも、ぼーっとなってしまった。

見ず知らずの私《わたし》にこんなに優《やさ》しくしてくれて……それに、すっごくかっこいい……。

見とれていると、男の子は理緒に、すっと片手《かたて》を差し出した。

「え？」

理緒は目をぱちくりさせて、男の子を見つめた。

「ここ、すべるから」

「……うん」

理緒は、おずおずと、男の子の手をにぎった。骨《ほね》ばってごつごつしていて、それにすっごく大きな手だ。

理緒は心臓《しんぞう》をどきどきさせながら、お礼を言った。

「あ、ありがとうございます」

なんだか照れてしまって、まともに男の子の顔を見ることができない。

うつむく理緒の目の前に、男の子が、ポストカードを差し出した。露《つゆ》にぬれたグラスのおしゃれな写真が印刷されていて、ＩＺＵＭＩＹＡとロゴが入っている。

そういえば、男の子の前掛《まえか》けにも『泉』って書いてあったっけ……。

男の子はさわやかに微笑《ほほえ》んだ。

「うちの酒屋のショップカード。オリジナルのジュースとかも売ってるんで、よかったらお土産《みやげ》選びにでも」

酒屋さん、やってるんだ……。

理緒は、顔を熱くして、カードを受け取った。背景《はいけい》のブルーとイエローが鮮《あざ》やかで、とってもきれいなカードだ。

「じゃあ」

踵《きびす》を返《かえ》した男の子は、呼《よ》び止《と》める間もなく、バイクにまたがり走り去っていく。

背筋《せすじ》の伸《の》びた、しゅっとした後《うし》ろ姿《すがた》を、理緒はぽーっとなって見送った。

さっきにぎられた手のひらが、じんとしびれたように熱い。

これが、青春よりも青くて熱い、青夏《あおなつ》の始まりだった。

2 酒屋の男の子

おばあちゃんの家は、坂の上にある。

じりじりと太陽が照りつける中、理緒《りお》と颯太《そうた》は重い荷物を引きずるようにして、歩いていた。

ひたいに汗《あせ》をにじませながら、理緒の頭の中は、さっき会った男の子のことでいっぱいだった。

優《やさ》しくて、かっこいい子だったなぁ。大きな手が男っぽくて、ドキドキしちゃった。

ショップカードのお店に行ったらまた会えるかなぁ。

「あ！　おばあちゃん！」

颯太の声に顔をあげると、坂の上で、おばあちゃんが手ぬぐいをブンブンとふりまわしていた。理緒と颯太はうれしくなって、坂を一気に駆《か》け上《あ》がった。

おばあちゃんは、今年で六十七歳《さい》。この上湖村《うえこむら》で、『成瀬《なるせ》そば』という名前のそば屋を営《いとな》んでいる。成瀬っていうのは、おばあちゃんの苗字《みょうじ》。おばあちゃんの名前は成瀬美緒《みお》というのだ。

おばあちゃんに迎《むか》え入《い》れられ、理緒と颯太は、成瀬そばののれんをくぐった。

どっしりした木造の店の中に入ると、入り口に背《せ》をむけて立っている、男の子の姿《すがた》があった。

「いらっしゃいませ」

ふりかえった男の子の顔を見て、理緒の心臓《しんぞう》がどきんと跳《と》びはねた。

さっきの、あの人だ……！

「あれ？　さっきの……」

男の子が、理緒を見て首をかしげる。

どぎまぎする理緒の後ろで、おばあちゃんがのんびりと、男の子に声をかけた。

「吟《ぎん》ちゃん、ありがとう」

「あ、いや、全然」

吟ちゃん!?　おばあちゃんとこの男の子、どういう関係!?

驚《おどろ》いている理緒に気が付いて、おばあちゃんが紹介《しょうかい》してくれた。

「泉屋酒店《いずみやさけてん》の泉吟蔵《ぎんぞう》くん」

「ぎんぞう……」

いかにも、酒屋さんっぽい名前だ。

そっか。吟蔵だから、吟ちゃんって呼《よ》ばれてるんだ。

「店番もしてくれるし、本当助かるの〜」

うれしそうに言うと、おばあちゃんは吟蔵のほうに向き直った。

「うちの孫の理緒と颯太。ほら話したでしょ、東京から孫が来るって」

「まご……」

と、吟蔵が口の中でつぶやく。

「こんにちは」

颯太が、ぺこりと礼儀正《れいぎただ》しく頭を下げた。

「吟ちゃん、高校三年生だから理緒の二つ上よ。歳《とし》も近いし、いろいろ遊んでもらったら？」

おばあちゃんがそんなことを言うので、理緒は、期待のこもったまなざしを吟蔵にむけたのだけど……。

「ばあちゃん、俺《おれ》、配達のつづきあるから行くわ」

吟蔵は仕事が忙《いそが》しいのか、そっけなく店を出ていってしまった。

せめてショップカードのお礼だけでも伝えようと、理緒は吟蔵を追って店の外に出た。

「あの！」

吟蔵の背中《せなか》にむかって、理緒は緊張《きんちょう》しながら声をかけた。

吟蔵が、バイクにまたがったまま、ふりかえる。

「さっきはありがとうございます！　あんなきれいな場所……」

「あんた、成瀬のばあちゃんほったらかしにしてんだろ」

遮《さえぎ》るように言われ、理緒ははっと口をつぐんだ。

え……？　今、なんて……？

「最悪だな」

吐《は》き捨《す》てるように言うと、吟蔵はバイクで走り去ってしまう。

残された理緒は、ただただ唖《あ》然《ぜん》として、その場に突《つ》っ立《た》っていた。

初めて会ったとき、あんなに親切で優《やさ》しかったのが嘘《うそ》みたいに、冷たい表情《ひょうじょう》をしてた。

まるで、私《わたし》のこと軽蔑《けいべつ》してるような。

素敵《すてき》な、運命の夏が始まる……はずだったのに。


その夜。

理緒は二階の部屋で、スマホでリズムゲームをして暇《ひま》をつぶしていた。

この部屋は、もともと理緒の母親が使っていて、部屋の本棚《ほんだな》には、今でも古い教科書やノートなどが並《なら》んでいる。

あーあ。せっかく素敵な男の子と出会ったと思ったのに、なんだか嫌《きら》われてるみたい。

スマホいじる以外にすることもないし、退屈《たいくつ》してきちゃったなぁ……。

ため息まじりに、壁《かべ》にかかったカレンダーを見やる。

帰る日、とメモ書きがしてあるのは、八月三十一日の欄《らん》。夏休みの最終日だ。

「あと四十日もあるのか～」

なんだか、先が思いやられるかも……。

理緒は、はあ～っと深いため息をついて、うなだれた。


翌日《よくじつ》の昼。

起きてからダラダラと二階でスマホゲームをしていた理緒は、一階から楽しげな話し声が聞こえてくるのに気づいて、階下へと降《お》りていった。

おばあちゃん……誰《だれ》と話してるんだろう？

店のほうをのぞきこんで、理緒はゲッと顔をしかめた。

おばあちゃんが話している相手は、吟蔵だったのだ。

吟蔵が、視線《しせん》に気づいたのか、ふと理緒のほうに顔をむけた。明らかに目が合った――のに、吟蔵はわざとらしく理緒を無視《むし》して、作業をつづけた。

……感じ悪！　おばあちゃんとは楽しそうに話してたくせに！

やがてお店の開店時刻になり、理緒は颯太と一緒《いっしょ》に配膳《はいぜん》を手伝った。

吟蔵は、当たり前のように厨房《ちゅうぼう》に立って、おばあちゃんを助けている。

理緒は憤然《ふんぜん》とした足取りで、吟蔵のもとへとむかった。

吟蔵はショーケースを離《はな》れ、今度はキッチンでビールのサーバをいじっている。理緒は腰《こし》に手を当てて、立ちはだかった。

「この夏は私《わたし》と弟がいるんで、買い出しとか、おばあちゃんの手伝いは私たちがやりますから」

びしっと言ってやったつもりだったのに、吟蔵は微塵《みじん》もひるまず、それどころかフンとバカにするように鼻を鳴らした。

「無理だろ、昼まで寝《ね》てるやつがなに言ってんだよ。大体、あんた、土地勘《とちかん》ないだろ。どうやって買い出し行くんだよ。ここは東京じゃねぇんだぞ」

「だから、それは……っ」

「無責任《むせきにん》なこと、言うなよ」

理緒はぐっと言葉に詰《つ》まった。

吟蔵の言うことはもっともだ。だけど、言い負かされたみたいで悔《くや》しい〜っ！

「すいません〜。そばソフトくださ〜い」

店先から、若い女の人の二人組が声をかけてきた。

とたんに吟蔵が営業《えいぎょう》スマイルになって、「はーい」と返事をする。しかし、ビールサーバをいじっているところなので、すぐには動けない。

理緒はチャンスとばかり、「はーい」と言ってソフトクリームの機械へとむかった。

私《わたし》だって、店の手伝いくらい、できるんだから！

フフンと吟蔵のほうを見やりながら、理緒ははりきってレバーを引いた。

にゅるりと出てきたソフトクリームを、コーンで受けてくるくると巻《ま》いていく。これくらい、楽勝……のはずが、思うようにいかず、くずれかけの巻き貝のような形になってしまった。

やばい。こんなの、お客さんに渡《わた》せないって……。

「どけ」

見かねた吟蔵が横から手を出して、新しく作り直した。美しく巻きあがったソフトクリームを手に、理緒のほうをちらりと見て、あきれた顔をしている。

うー。なんって、イヤなやつなの……！

歯がみする理緒をしり目に、吟蔵はお客さんにソフトクリームを手渡《てわた》して、会計を始めた。

「これ、うちの酒屋のショップカードなんですけど」

吟蔵が、ポケットから例のカードを取り出して、お客さんに渡した。

「オリジナルのジュースとかも売ってるんで、よかったらお土産《みやげ》選びにでも」

そう言って、にっこりと微笑《ほほえ》む。初めて会ったときに、理緒にむけられたのと同じ、完《かん》璧《ぺき》にさわやかな営業《えいぎょう》スマイル。

そっか。観光客っぽい人に会ったら、ああやってカード渡してるんだ……。

理緒は、そば猪口《ちょこ》やせいろを片《かた》づけながら、唇《くちびる》をかんだ。

運命の恋《こい》かもって思ったのに、みんなにカードをあげてたなんて……なんだか、私《わたし》、ばかみたいだ。

だけど、あんな笑顔《えがお》見せられたら、きっと誰《だれ》だって――。

ガシャーン！

上の空になっていた理緒は、手を滑《すべ》らせてしまった。そば猪口《ちょこ》やせいろを、盛大《せいだい》に床《ゆか》に散らばしてしまった。

「理緒、大丈夫《だいじょうぶ》？」

音を聞きつけたおばあちゃんと颯太が、店の奥《おく》から顔を出す。

片《かた》づけようとかがみこんだ理緒を、吟蔵が叱《しか》り飛《と》ばした。

「俺《おれ》と張《は》り合《あ》ってるつもりかよ！　くだらねぇことで、ばあちゃんに余計《よけい》な心配かけんな！」

「…………」

理緒は無言で顔をあげ、吟蔵をにらんだ。

「吟ちゃん、理緒もわざとじゃないんだし」

おばあちゃんにとりなすように言われ、吟蔵はため息まじりに、散らばった食器を片づけ始めた。

吟蔵は、おばあちゃんの言うことなら、ちゃんと聞くみたいだ。私《わたし》には、すっごく冷たいくせに。

「……誰《だれ》にでもいい顔するくせに」

気が付いたら、理緒は吟蔵にむかって、言葉を絞《しぼ》り出《だ》していた。

「は？」

吟蔵が怪訝《けげん》そうにふりかえる。

理緒は、抑《おさ》えきれなくなった感情《かんじょう》をぶつけるように叫《さけ》んだ。

「あんなきれいなカード渡《わた》されたら、誰だって！」

「？　誰だって？」

それ以上の言葉が出てこなくて、理緒は口をつぐんだ。

きれいなカードをくれたり、素敵《すてき》な場所を教えてくれたり、目の前で笑顔《えがお》を見せられたりしたら、きっと誰だって誤解《ごかい》する……。

だけど、そんなことを吟蔵に言えるわけがなくて。

理緒は、吟蔵をキッとにらみつけると、足早に店を出ていった。

店の前に停《と》めてあったおばあちゃんの自転車に飛び乗って、理緒はがむしゃらに道を進んでいた。

誰《だれ》にでもいい顔をする吟蔵には、もちろん腹《はら》が立つ。

だけど、それ以上に、そんな吟蔵の外ヅラにコロッとときめいた自分自身にイラだった。私《わたし》ってば、一人でときめいて、バカみたいだ……。

感情的《かんじょうてき》になっていた理緒は、凸凹《でこぼこ》になった道に気づかなかった。

ハンドルを取られ、アッと思ったときには自転車は道を外れ、斜面《しゃめん》をすべり落ちていた。

「わわわ、うわっわぁっ！」

かなり下まですべり落ちたところで、自転車から投げ出される。

「いったぁ……」

私、なにやってんだろ……。

理緒は顔をしかめながら、足をさすった。

自転車は、すぐ近くで引っくり返っている。

どれくらい転げ落ちたのかと、斜面《しゃめん》を見上げるが、どこまでも鬱蒼《うっそう》とした森がつづくばかりでなにも見えなかった。どの方向に、どれくらい落ちたのかもわからない。

もしかして、迷《まよ》った……？

「ここどこ――!?」

途方《とほう》にくれた理緒の声が、森の中に響《ひび》いた。


「遅《おそ》いね、理緒……」

成瀬そばではおばあちゃんが、飛び出していったきり戻《もど》らない理緒を心配して、しきりに外の様子を気にしていた。

「俺《おれ》、ちょっとムカついて……」

言《い》い過《す》ぎたことを反省しているのか、吟蔵が気まずげに言う。

「何年もばあちゃんほったらかしにしてるくせに、急に来たと思ったら、これ見よがしに孫面《まごづら》してくるから……」

するとおばあちゃんが、急にあきれたように笑った。

「やだ、吟ちゃん。私《わたし》、ほっとかれてないわよ。私のほうが東京に行って遊んでるんだから」

「えっ……」

きょとんとする吟蔵に、おばあちゃんはスマホに入っている画像《がぞう》を見せた。

スカイツリーの前に立つ、理緒とおばあちゃんが写っている。

「去年はスカイツリーにソラマチ。その前は原宿《はらじゅく》だったかな」

写真の中のおばあちゃんは、理緒と肩《かた》を寄《よ》せ合《あ》い、すごく楽しそうだ。

どうやらおばあちゃんは、毎年しっかり東京に遊びに行って、孫たちと交流していたらしい。

勘違《かんちが》いに気づいた吟蔵の顔が、みるみる曇《くも》っていく。

そのとき、「ご飯まだぁー?」と颯太が顔をのぞかせた。

「理緒が帰ってからねぇ」

と、おばあちゃんが返事をする。

吟蔵は眉《まゆ》をよせて、店の外を見やった。

土地勘《とちかん》のない場所へ飛び出していった理緒のことが、気にかかった。


理緒は半泣きで、とっぷりと日の暮れた森の中をさまよっていた。

やみくもに歩きつづけているが、行けども行けども森が広がるばかりだ。

どうしよう。どこから落ちたのかも、どの方向へ行けばいいのかもわからない。さっきから変な動物の鳴き声は聞こえるし、足は痛《いた》いし、地図アプリで確認《かくにん》しようにも電波が届《とど》いてないし……。

なんでこんなことになっちゃったんだろう。

ガサッ。

突然《とつぜん》、暗闇《くらやみ》のむこうから、大きな物音がした。音は段々《だんだん》とこちらへ近づいてくる。

なに!?

理緒はとっさに木にしがみついた。

「いやーーー!!」

「おい、しっかりしろ、俺《おれ》だ！」

え……この声……。

おそるおそるふりかえった理緒の目に飛《と》び込《こ》んできたのは、あきれ顔で立つ吟蔵の姿《すがた》だった。


理緒は吟蔵に背負《せお》われて、山道を歩いていた。

理緒が持った懐中《かいちゅう》電灯の灯《あか》りが、歩く先を丸く照らしている。

「……ばあちゃんに、東京の写真見せてもらった」

ずっと黙《だま》っていた吟蔵が、ふいに、ぽつりと言った。

「ほっとかれてないって。勘違《かんちが》いして、悪かったな」

理緒は吟蔵に背負《せお》われながら、無言で、地面を見つめていた。

「あんたのこと、ちょっと羨《うらや》ましくて、八つ当たりみたいなとこあって……」

つぶやくと、吟蔵がぎこちなくつづけた。

「懐中電灯《かいちゅう》消して、上見てみ」

上？

言われるがまま、懐中電灯を消して空を見上げた理緒は、思わず息をのんだ。

見たことないような、満天の星が広がっていたのだ。

「きれい〜っ！」

夢中《むちゅう》になる理緒のほうをふりかえり、吟蔵は小さく笑った。

「そういう反応《はんのう》すると思った、あんたなら」

そう言われて、理緒は、複雑《ふくざつ》な気持ちになって押《お》し黙《だま》った。

また、そうやって優《やさ》しいことを言って、私《わたし》を誤解《ごかい》させる……。

吟蔵に背負《せお》われたまましばらく山道を進み、引っくり返っていた自転車を回収して、理緒はようやく成瀬そばの前へと戻《もど》ってきた。

吟蔵は店の前に停《と》めてあったバイクにまたがると、ふと思い出したように、理緒のほうをふりかえった。

「そうだ、明日《あした》の午後、ヒマか？　村のいいとこ案内してやるよ」

思いがけない提案《ていあん》に、理緒はぱっと笑顔《えがお》をはじけさせた。

「うん！」

吟蔵が、バイクのエンジンをかける。その後《うし》ろ姿《すがた》を見つめながら、理緒は勇気を出して声をかけようとした。

「あ、あの、ぎ……」

エンジン音がうるさくて、かき消されてしまう。

理緒はすっと息を吸《す》って、声を張《は》り上《あ》げた。

「吟蔵！」

吟蔵が、ようやく理緒のほうをふりかえる。

「迎《むか》えにきてくれて、ありがとう！」

ぎこちなくそう叫《さけ》ぶと、吟蔵はふっと微笑《ほほえ》んだ。

「おう」

優《やさ》しい笑顔。

ぽーっと見とれてしまった理緒に、「じゃあな」と短く言うと、吟蔵はバイクを走らせて去っていく。理緒はその姿《すがた》が見えなくなるまで見送った。

吟蔵の笑った顔、やっぱり好きだ。

それに、優しくされると、すっごくうれしくなっちゃう。

吟蔵といるだけで、胸《むね》がいっぱいに満たされる。

理緒は、ぎゅっと手をにぎりしめて決意した。

運命は……運命なんか、私《わたし》が自分で作る。

作ってみせる！

3 上《うえ》湖《こ》村《むら》

翌日《よくじつ》の午後。

吟蔵《ぎんぞう》に連れられて理緒《りお》と颯太《そうた》がやってきたのは、渓谷《けいこく》に近い、流れのゆるやかな川だった。服の下に水着を着てこいと言われたのは、川遊びのためだったらしい。

川岸には、吟蔵の友だちだという、同い年くらいの男子と女子が一人ずつ来ていた。

「東京から来た、成瀬《なるせ》さんとこの孫の理緒と颯太」

「こんにちは〜」

吟蔵に紹介《しょうかい》され、理緒と颯太が声をそろえてあいさつする。

「で、こいつらが村人その1とその2」

男子のほうが「どうも！」と軽いノリであいさつをした。

「村人その1です〜こんにちは〜……って、誰《だれ》が第一村人発見だ！　ちゃんと紹介しろ!」

男子に突《つ》っ込《こ》まれ、吟蔵は「はいはい」と悪びれずに、

「こいつがナミオ」

と、男子のほうを目で指して紹介《しょうかい》した。

皆見《みなみ》ナミオは十八歳《さい》で、吟蔵と同学年らしい。ひょろりと背《せ》が高く、ひょうひょうとした雰囲気《ふんいき》の男子だ。

「で、こっちがさつき」

「よろしくね〜」

さつきがおっとりと微笑《ほほえ》む。

永村《ながむら》さつきは、黒髪《くろかみ》をボブにした、丸い大きな目が特徴的《とくちょうてき》な女の子だ。年齢《ねんれい》は、理緒と同じ十六歳。

「ところで!」

勢《いきお》いよく言って、ナミオが理緒を見た。

「上湖習わしの歓迎《かんげい》はもうお済《す》みですか?」

習わしの歓迎《かんげい》？

きょとんとする理緒の反応《はんのう》を見て、ナミオは、うれしそうにニヤリとした。


気が付いたら理緒は、川にかかる橋の縁《ふち》に立たされていた。

すぐ後ろにはナミオがいて、「君ならできる！　自分を信じて！」と、明るく理緒を励《はげ》ましている。

上湖習わしの歓迎。それは、橋桁《はしげた》の上から川にむかって飛《と》び込《こ》むこと……なのだそう。

「理緒～」

橋の下から、颯太が無邪気《むじゃき》に手を振《ふ》る。

つづいてさつきが、「無理しなくてもいいんだからね～」と声をかけた。

「怖《こわ》いならやめとけよ！」

吟蔵は、本気で心配そうだ。

流れる川の水面を、理緒は緊張《きんちょう》して見下ろした。

遊園地にある絶叫系《ぜっきょうけい》の乗り物は好きだけど、川に直接飛《と》び込《こ》むのはさすがに初めてだ。しかも、結構《けっこう》な高さ……。ちょっとドキドキするけど、せっかく誘《さそ》ってもらったんだもん。やるしかない！

「3《さん》」

後ろで、ナミオがカウントダウンをする。

「2《にー》」

理緒は、すっと息を吸《す》って、心の準備《じゅんび》をした。

「1《いち》！」

飛び込む直前、理緒は、ちらりと吟蔵のほうを見た。

そして、ぎゅっと目を閉《と》じると――。

踏《ふ》み込《こ》んで、勢《いきお》いよく橋桁《はしげた》からジャンプ！

身体《からだ》が吸《す》い込《こ》まれていくような感覚《かんかく》が、数秒つづく。それから、水しぶきをあげて、理緒は川の底へとしずみこんだ。

ぷはっと、川面《かわも》から顔を出す。

「サイコー！」

ちょっと怖《こわ》かったけど……これ、すっごく楽しい！


ひとしきり泳いでから、川岸でみんなで休憩《きゅうけい》した。冷やしておいたきゅうりやスイカを、おやつ代わりにみんなで食べる。

「東京もん、なめてたわ」

「そうだよ、私《わたし》なんて絶対《ぜったい》無理だもん」

橋桁《はしげた》から飛《と》び込《こ》んだことをナミオとさつきに褒《ほ》められ、理緒は照れくさくて、はにかんでしまった。

そんな理緒の様子を、吟蔵が微笑《ほほえ》ましげに見つめている。

そのとき、どこからか「お〜い」と、声がした。

ふりかえると、きれいな女の人が、手を振《ふ》りながら走ってくるところだった。

理緒の目は、女の人のスタイルに、釘付《くぎづ》けになった。

胸《むね》はあるのに、身体《からだ》は細く、腰《こし》はくびれてて、しかもめっちゃ美人！

女の人は理緒に気づくと、笑顔《えがお》で会釈《えしゃく》をした。気づいた吟蔵が、「成瀬さんとこの孫」と紹介《しょうかい》してくれる。

「成《なる》ばぁんとこの！　私《わたし》、大鳥万里香《おおとりまりか》。みんなより年上なんだけど、気にしないで。よろしくね！」

華《はな》やかな笑顔をむけられ、理緒は気圧《けお》されながらあいさつを返した。

「よ、よろしく、お願いします」

「こいつ、あの橋から飛んだんだぜ。すげぇよな」

吟蔵が理緒のことを目で指して言う。しかし万里香は無反応《むはんのう》だ。

「ねぇねぇ、理緒ちゃんと颯太くんって、いつまでいるの？」

さつきに聞かれ、「あ、えっと……」と理緒は一瞬《いっしゅん》口ごもった。

「八月の終わりまでだよな」

と、吟蔵が横から答える。万里香が、理緒を気にするように、ちらりと横目で見た。

「じゃあ、上湖祭《うえこまつ》りに参加しないか？」

ナミオが勢《いきお》いよく提案《ていあん》した。

「上湖祭り？」

理緒が、聞き返す。

「私《わたし》たちも実行委員で、参加することになってるんだ」

さつきが、のんびりとした口調で言う。

「村唯一《ゆいいつ》のイベントで、このときは観光客もたくさん来るんだ。だからさ、東京のやつの意見も聞きたいんだよ」

ナミオはそう言うと、吟蔵のほうを見て「なぁ」と同意を求めた。

「そうだな」

と、吟蔵がうなずき、理緒を見た。

「この夏は上湖村の人間だしな」

なんだか仲間だと認《みと》められたみたいでうれしくなって、理緒は笑顔《えがお》で頭を下げた。

「こちらこそ、お願いします！」

お祭りの準備《じゅんび》を手伝わせてもらえるなんて、すっごく楽しそう！

ナミオも「よろしく！」と元気よく言い、二人は笑顔《えがお》で顔を見合わせた。

そのとき……。

バシャン！

突然《とつぜん》、水しぶきの音が聞こえた。川のほうを見ると、万里香がバシャバシャと水をかいてもがいている。

「万里香！」

吟蔵があわてて川に飛《と》び込《こ》み、助けにむかった。せきこむ万里香を助けると、肩《かた》を貸《か》しながら川岸まで連れてくる。

「なにやってんだよ、アホ！」

あきれたように、万里香を叱《しか》る吟蔵。気心知れているらしい二人の様子を、理緒は複雑《ふくざつ》な気持ちで眺《なが》めた。

「万里香さんって、毎年おぼれるね。吟蔵いつも助けてるもんね」

吟蔵と万里香の様子を見つめながら、さつきが言う。

「まぁ、未来の嫁《よめ》さん、死なすわけいかないもんな」

ナミオの言葉に、理緒はぎょっと目を見開いた。

未来の嫁《よめ》？　それって、どういう意味？


たっぷり川遊びを楽しみ、すっかり疲《つか》れきった理緒と颯太は、成瀬そばに戻《もど》ってきた。

店の前には、荷台の側面に『泉屋《いずみや》』と書かれた軽トラックが停車していた。

がっしりとした体格《たいかく》の男性《だんせい》が、おばあちゃんにポスターのようなものを手渡《てわた》している。

「ただいま〜」

誰《だれ》だろう？　と不思議そうにする理緒と颯太に、「吟ちゃんのお父さんよ」とおばあちゃんが教えてくれる。

この人が、吟蔵のお父さん！

理緒はあわてて、ぺこりと会釈《えしゃく》してあいさつした。

男の人は泉醸二《じょうじ》という名前らしい。

「大きくなったなー！　おじさんのこと覚えてるか？」

醸二に聞かれ、理緒は返事に困《こま》ってしまった。

おばあちゃんが「覚えてないわよ」と笑って言う。

「そっかぁ。随分《ずいぶん》会ってないもんなぁ。いやぁしかし、やっぱり親子だな。奈緒《なお》ちゃんの高校時代に似《に》てるよぉ」

奈緒、というのは、理緒たちの母親の名前だ。

「そ、そうですか……」

「おうよ、奈緒ちゃんとは同級生でな。俺《おれ》に許嫁《いいなずけ》がいなければ、奈緒ちゃんのこと、東京まで追いかけてたんだけど……なんてな」

え？　それって……吟蔵のお父さん、お母さんのこと、好きだったってこと？

あははは、と豪快《ごうかい》に笑う醸二を、理緒は目をしばたたいて見つめた。


夜になり、吟蔵は、集会所で行われる上湖祭りの実行委員会に招集《しょうしゅう》されていた。

高校生本部の話し合いと違《ちが》い、今日は地元の大人が中心だ。

といっても、大人たちにとって祭りの準備《じゅんび》は例年のことなので慣《な》れていて、今さら話し合う事項《じこう》もあまりない。実行委員会は手短に切り上げられ、早々に飲み会へと切り替《きか》わってしまった。

父の醸二《じょうじ》が、おさななじみで整備士《せいびし》の和田駿《わだしゅん》や、電気屋の平澤隆《ひらさわたかし》と一緒《いっしょ》に飲んだくれているのを、吟蔵は遠くから眺《なが》めていた。三人に付き合って、相手をしているのは万里香だ。

「ったく、いいよなぁ。おまえは跡取《あとと》りがいてよ〜」

醸二の肩《かた》を抱《だ》いた和田が、吟蔵に気が付いて、「おい、吟蔵！　こっち来い！」と声を張《は》り上《あ》げた。

酔《よ》っぱらいの相手をするのは気が進まなかったが、名指しされては無視《むし》するわけにもいかない。しぶしぶ足を運ぶと、和田に腕《うで》を引かれて、無理やり万里香の横に座《すわ》らされた。

「よ！　ご両人！」

「未来の夫婦《ふうふ》！　お似合《にあ》いだよ！」

和田と平澤が、ろれつのまわらない口調で冷やかしてくる。

しかしなぜか、醸二はなにも言わず、ちらりと吟蔵を見ただけだった。

ノリのいい万里香は、「私《わたし》、もう一杯《ぱい》、飲んじゃいまーす！」と、調子に乗って日本酒を一気に飲《の》み干《ほ》した。かと思えば、ぐでっと横になり、吟蔵のひざに頭をのせてそのまま眠《ねむ》ってしまう。

「あーもう」

と、吟蔵はあきれ返ってボヤいた。

「誰《だれ》が面倒《めんどう》みると思ってんだよ、飲みすぎなんだよ」

「万里香ちゃんも気遣《きづか》って付き合ってくれてんだよ、お酒弱いのに」

平澤がとりなして言う。

「お母さん亡《な》くして、大鳥百貨店《おおとりひゃっかてん》の跡取《あとと》りとして、村の付き合いは外せないって思ってんだろ。いい子だよな！」

と、和田も気の毒そうに、眠る万里香を見つめた。

「ほら、吟蔵。万里香ちゃん送ってけ」

「……わかった」

醸二に促《うなが》され、吟蔵は万里香を抱《だ》きあげた。


その夜。

理緒は、上湖祭りの日程《にってい》を、カレンダーに書き入れた。

お祭りは、八月三十日。そして、翌日《よくじつ》の三十一日には東京に帰ることになっている。

お手伝いできることになったのは楽しみだけど……それ以上に、吟蔵と万里香さんの関《かん》係《けい》が、気になって仕方なかった。

おぼれている万里香さんを、大あわてで助けにむかった吟蔵。

それに、ナミオが言ってた言葉。

「未来のお嫁《よめ》さん……」

吟蔵にもらったショップカードを見つめながら、理緒はぽつりとつぶやいた。

翌日からさっそく、理緒は上湖祭りの準備《じゅんび》会議に招集《しょうしゅう》された。

会場は、村の集会所の一室。

部屋の前方に用意されたホワイトボードには『上湖祭り・高校生本部』と書かれ、ナミオが前に立って進行をしている。

吟蔵のほかにも、地元の高校生たちがたくさん集まっていて、にぎやかな雰囲気《ふんいき》だ。

「今年の高校生チームの仕切りは、ジョニーライブになったからな～」

ナミオがみんなにそう告げると、「えぇ～」「まじかよー」と不満そうな声があちこちからあがった。

「仕方ないだろ。まぁ、でも、やるからには、去年以上に盛《も》り上《あ》げるからな。グループに分かれてそれぞれ案を考えてくれ！」

ナミオに発破《はっぱ》をかけられ、集まった高校生たちは、ブツブツ言いながらも話し合いを始めた。

「ジョニーライブ？」

理緒がむかいの席に座《すわ》る吟蔵に聞くと、吟蔵は答えにくそうに言った。

「ええ……あぁ……毎年恒例《こうれい》のライブがあるんだ」

「こいつの親父《おやじ》だよ」

と、ナミオが口をはさみ、理緒は「え！」と目を丸くした。

「吟蔵のお父さん！」

「なぁ吟蔵」

ナミオに顔をのぞきこまれ、吟蔵は顔をひきつらせている。

この間トラックでお店に来ていた、あの吟蔵のお父さんが、ライブをするなんて！

「全然、想像《そうぞう》つかない……」

そのとき、さつきが、漫画雑誌《まんがざっし》を抱《かか》えて部屋へと入ってきた。

「見て見て見て、今月号、ナミオの漫画が表紙だったよ！」

と、みんなの前に、漫画雑誌を出して言う。

表紙には、かわいい女の子の絵と、『皆見ナミヲ』の文字が並《なら》んでいた。

「ナミオくんって、プロの漫画家なの？」

理緒は驚《おどろ》いて、ぱらぱらと雑誌をめくった。皆見ナミヲの漫画は、巻頭《かんとう》カラーで掲載《けいさい》されている。

「すごい……すごいよ！」

「いやいや、まだまだ！」

と、ナミオが冗談《じょうだん》めかしてひらひらと手を振《ふ》る。

「俺《おれ》は、こんな田舎《いなか》じゃ終わんねぇからな！　東京が俺を呼《よ》んでいる！」

「まぁ、ここってなにもないからな」

吟蔵の言葉に、理緒は「そうかな？」と首をかしげた。

「上湖ってすごいところじゃん」

なにげなく言ったつもりが、みんな一斉《いっせい》に意外そうな顔になって、理緒のほうを見た。

「だって、あんなにきれいな川あるし、空気も美味《おい》しいし、星だってたくさん見えるし、野菜だって美味しいしさ、それに漫画家《まんがか》もジョニーもいるんだよ！　それってすごいことだよ！」

言いながら名案を思い付いて、理緒は明るくつづけた。

「そうだ！　上湖のPV《ピーブイ》、作ろうよ！」

みんながますます驚《おどろ》いた顔になる。

「ライブをしている後ろに、映画《えいが》みたいにスクリーン置いて、そこに上湖を紹介《しょうかい》する映像《えいぞう》を流すの。お祭りには、たくさん、人来るんだよね？　だったら一緒《いっしょ》に上湖のことも知ってもらおうよ！　ね！」

理緒はみんなの顔を、ぐるりと見まわした。みんな、なるほど、という表情《ひょうじょう》だ。

ふと吟蔵と目が合い、小さく微笑《ほほえ》みかけられる。その優《やさ》しい笑顔に、理緒の心臓《しんぞう》はどくんと大きな音を立てた。

吟蔵って、万里香さんと、どういう仲なのかな……。


熱弁《ねつべん》の甲斐《かい》あってか、理緒の提案《ていあん》が採用《さいよう》されることになった。

みんなで上湖村のPV《ピーブイ》映像《えいぞう》を作り、ジョニーのライブ中にプロジェクターで放映することになったのだ。

帰《かえ》り際《ぎわ》、理緒は思いきって、吟蔵に聞いてみることにした。

「あのさ……」

「ん？」

「万里香さん……未来のお嫁《よめ》さんなんでしょ？」

「あー、それか。親とか周りが言ってるだけだろ」

勇気をふりしぼって聞いたのに、吟蔵の返事はやけにあっさりとしていた。

「そうなの？」

「あぁ、いつも言われて面倒《めんどう》なんだよな」

吟蔵が、うんざりしたように言う。

「そっか」

よかった。吟蔵、万里香さんのこと、それほど意識《いしき》してないみたい……。

理緒はほっと胸《むね》をなでおろした。

4 気持ちを告げて

ぎらつく太陽のもと、理緒《りお》はひたいに汗《あせ》をにじませて、必死に自転車を走らせていた。

荷物カゴに入れた袋《ふくろ》が、地味に重い。中に入っているのは、今朝、おばあちゃんに頼《たの》んで分けてもらったそば粉だ。

坂を上りきると、ようやく、目指す泉屋《いずみや》が見えてきた。

古い木造《もくぞう》の、由緒《ゆいしょ》ありそうな酒屋さん。店の前には、空のケースを運ぶ吟蔵《ぎんぞう》の姿《すがた》がある。

「吟蔵！」

理緒は声を張《は》り上《あ》げた。

「お昼食べた？」

「まだだけど」

返ってきた答えに、理緒は「よっしゃ！」と声を上げた。

吟蔵に手打ちそばを作ってあげようと思って、はるばるそば粉を運んで来たのだ。

泉屋さんの台所を借りて、理緒はさっそくそば作りを始めた。

まずはそば粉とつなぎ粉をまとめてふるいにかけて、少しずつ水と合わせてよくかき混《ま》ぜる。

「本当に作れるのか？」

吟蔵が心配そうに、理緒の手元をのぞきこんだ。

「大丈夫《だいじょうぶ》だよ、小《ち》っちゃいころからおばあちゃんに教わってたし」

理緒がそう言っても、吟蔵はまだ疑《うたが》わしげだ。

都会育ちだからって、私《わたし》のこと、みくびって……。

見返してやりたくて、理緒はことさらに気合を入れてそばをこねた。生地《きじ》がなめらかになってきたら、しばらく寝《ね》かせてから薄《うす》く伸《の》ばして、細長く切っていく。あとは、たっぷりのお湯でさっと茹《ゆ》でたら出来上がり！

完成したそばをずずっとすすった吟蔵は、

「うめぇ！」

と、声を弾《はず》ませた。

「本当？」

「あぁ。やっぱ、成《なる》ばぁの孫だな。成ばぁと同じくらいうまい」

美味《おい》しそうにそばを食べる吟蔵の姿《すがた》を見て、理緒はすっかりほっこりしてしまった。

がんばって作って、よかったなぁ……。

ふと辺りを見まわすと、本棚《ほんだな》に卒業アルバムがあるのが目に入る。

「卒アルだ！　見てもいい？」

立ちあがって本棚に手を伸《の》ばそうとすると、吟蔵があわてふためいて止めようとした。

「いや、ちょっと待て、それは！」

「なんで、いいじゃん」

理緒は構《かま》わず、アルバムを本棚から引き出した。

しかし吟蔵は、「だめだって！」とむきになって、腕《うで》を伸ばしてくる。理緒がひょいっと横によけたので、吟蔵はバランスを崩《くず》してつんのめった。その拍子《ひょうし》に二人とも倒《たお》れこんでしまい、本やアルバムがばらばらと床《ゆか》に散《ち》らばった。

はっと気が付くと、吟蔵の顔が、すごく近い場所にあった。

唇《くちびる》が触《ふ》れそうなくらい、すっごく近くに。

吟蔵と目が合う。静かになった室内に、セミの声だけが響《ひび》いた。

「……悪い」

そう言って、吟蔵が、ゆっくりと理緒から離《はな》れた。

「……ごめん」

理緒も、ぎこちなく言って、立ちあがる。

びっくりしたぁ……。

心臓《しんぞう》が、吟蔵に聞こえてしまいそうなくらい、どきどきと大きな音で鳴っていた。

きっと、顔も真っ赤だろう。

理緒は吟蔵から顔をそらしながら、散らばった本やアルバムを拾いあげた。

本にまじって、何枚《なんまい》かのデザイン案のようなものがあった。きれいな風景写真や、コラージュした写真の上に、『インパクト』『見にくい』『色味を合わせる』などと手書きでメモが書いてある。

どことなく、雰囲気《ふんいき》が、泉屋のショップカードのデザインに似《に》ている気がした。

「これ、全部、吟蔵が作ったの？　もしかして、あのショップカードも？」

理緒はデザイン案を手に取って、吟蔵のほうをふりかえった。

「すごい！　すごいよ！　私《わたし》、プロの人が作ったやつだと思ってた！　吟蔵、才能《さいのう》あるよ！」

「遊びだよ、こんなの」

そっけなく言うと、吟蔵は、散らばっているデザイン案を拾い集めた。

デザイン案はどれもとってもきれいでおしゃれで、とても遊びなんてレベルには思えない。

「高校卒業したら、東京に来たらいいじゃん！　美術系《びじゅつけい》の学校たくさんあるし、学校じゃなくても、働くところだってあるしさ！」

理緒が言っても、吟蔵は押《お》し黙《だま》っている。

どうしたんだろう？　と、理緒は首をかしげた。

そのとき、タイミングを見計らったように、ガラッと襖《ふすま》が開いた。

「いえ――――い！」

勢《いきお》いよく入ってきたのは、万里香《まりか》だ。

「なんだよ、勝手に入ってくんなよ」

吟蔵があきれたように言う。

「いいでしょ、いつものことなんだから」

部屋の中に入ってきた万里香は、テーブルの上のそばを見て、顔を輝《かがや》かせた。

「あ！　いいな！　あたしもおそば食べたい！」

「つたく、仕方ねぇな」

吟蔵が、そばを用意しに台所へと消えていく。

理緒は、床《ゆか》に残ってるデザイン案を拾おうと手を伸《の》ばした。しかし、横から万里香がすっと手を伸ばして、理緒より先に拾ってしまう。

「だめだよ、吟蔵困《こま》らせたら」

さっきまでと違《ちが》う、真剣《しんけん》な声。

顔をあげた理緒をまっすぐに見つめ、万里香は、静かに言った。

「あたしも吟蔵も……未来を選べないんだから」

それって、どういうこと……？

意味がわからず困惑《こんわく》する理緒を見て、万里香は苦笑いした。

「理緒ちゃんは、東京の子だし、この夏だけしかいない子だから、ちょっとわかりにくいかもしれないけど」


その夜。

理緒は、成瀬《なるせ》そばの掲示板《けいじばん》に貼《は》られた泉屋のショップカードを手に取ってみた。

いくつか種類《しゅるい》があるが、どれもとってもおしゃれなデザインだ。

「そこにあるの、みんな吟ちゃんが作ったのよ」

客席で繕《つくろ》い物《もの》をしていたおばあちゃんが、理緒の視線《しせん》に気づいて教えてくれた。

「私《わたし》はそういうの、全然わからないけど、評判《ひょうばん》いいのよぉ」

うん、と理緒は小さくうなずいた。

理緒の母親は広告デザイナーをしているが、理緒自身はデザインのことにうとい。でも、そんな理緒にも、このカードがすごく素敵《すてき》だってことはわかる。

「吟ちゃんもね、小さいころは、ポスターとか作るデザイナーになりたいって言ってたけど、いつからか言葉にしなくなってね」

「どうして？」

理緒が聞くと、おばあちゃんは困《こま》ったように笑って言った。

「代々続く酒屋の息子《むすこ》で、若《わか》い子たちが都会に出ていくのを見て、自分は村に残らなくちゃって考えているんだと思うよ。吟ちゃんは責任感《せきにんかん》の強い子だから」

確《たし》かに、上湖村《うえこむら》に来てから理緒が見た吟蔵は、いつも誰《だれ》かの世話を焼いていた。

村のお年寄《としよ》りの荷物を持ってあげたり、電球を取《と》り換《か》えてあげたり。

道に迷《まよ》った理緒のことも、真っ先に探《さが》しに来てくれた。

――あたしも吟蔵も未来を選べないんだから。

万里香に言われたことが頭をよぎり、後悔《こうかい》が押《お》し寄《よ》せてくる。

吟蔵は誰《だれ》より優《やさ》しくて、だから、自分の夢《ゆめ》をあきらめたのに……「東京に来たらいい」なんて、簡単《かんたん》に言ったりして。

傷《きず》つけたかな。でも……。

理緒は改めて、掲示板《けいじばん》のショップカードを見た。

こんなに素敵《すてき》なカードが作れるのに、村に残るために夢をあきらめるなんて……吟蔵は、それで本当にいいのかな。


翌日《よくじつ》、理緒は吟蔵に連れられて、上湖高校《うえここうこう》の図書室へとやってきた。

読みたい本を探《さが》すそぶりをしてみるものの、隣《となり》にいる吟蔵のことが気になってしまって、なかなか集中できない。

吟蔵は、上湖祭《うえこまつ》りで使う映像《えいぞう》関係の本を探しているようだった。気のせいかもしれないけど、なんだか吟蔵も、ちらちらとこっちのほうを気にしている気がする。

「俺《おれ》さ」

吟蔵が、ふいに切り出した。

「一応《いちおう》、行ったことあんだ、東京。修学旅行《しゅうがくりょこう》で一回だけだけど」

うん、と理緒は相づちを打った。

「なんつーか、ただただビビった。ビルの大きさとか、人の多さとかさ。……でもそれ以上に、もし、自分の作った作品があの大勢《おおぜい》の人の目に触《ふ》れたら、どんな気持ちだろうって、想像《そうぞう》したらちょっとゾクッとしてさ」

吟蔵、本当に、デザインが好きなんだな。

うれしそうに話す吟蔵を見て、理緒は心からそう思った。

「俺《おれ》、なに語ってんだろな。ってか、こんなん話したの理緒が初めてだわ」

照れたように笑って言う吟蔵のことが、この上なく愛《いと》しく感じられた。

うれしい。吟蔵が、自分のことを打ち明けてくれたことが。

そう思ったら、

「好き」

理緒は自然と、自分の正直な気持ちを、伝えていた。

「吟蔵が、好き」

吟蔵が、目を見開いたまま固まる。

理緒ははっと気が付いて、ぱたぱたと両手を振《ふ》った。

「あ、いや、ごめん。いきなりなんだって感じだよね！」

遅《おく》れて恥《は》ずかしさがこみあげてくる。顔が熱すぎて、爆発《ばくはつ》しちゃいそう。

私《わたし》ってば、急になに言ってるんだろ……。


理緒の告白劇《こくはくげき》を、扉《とびら》の陰《かげ》からうかがう人影《ひとかげ》があった。

ナミオとさつきだ。

「告白したよ。生で見たの初めて」

さつきがこそこそとささやく。

「今の、漫画《まんが》で使えるな」

ナミオはうれしそうだ。

しかし、話し声が大きすぎたのか、吟蔵に気づかれてしまった。

「おい！　おまえら！　なにしてんだよ！」

怒鳴《どな》りつけられて、ナミオとさつきは仕方なく、扉《とびら》の陰《かげ》から現《あらわ》れた。

さつきは理緒にむかうと、

「理緒ちゃん、かっこいいよ！」

と、マイペースに声援《せいえん》を送った。

「川に飛《と》び込《こ》んだときから感じてたぞ、その根性《こんじょう》！」

ナミオも熱っぽく、理緒の健闘《けんとう》をたたえる。

恥《は》ずかしさのあまり、理緒は、真っ赤になって顔を伏《ふ》せてしまった。

「なに言ってんだよ、本気で言うわけないだろ」

あきれたような吟蔵の声。

理緒ははっと顔をあげた。

「そうなのか？」

ナミオが意外そうに聞き返す。

「当たり前だろ、ずっとこっちにいるわけじゃないんだし」

吟蔵はそう言うと、理緒の顔を見た。

「な、冗談《じょうだん》だよな?」

かちん、ときてしまった。

勇気をふりしぼって告白したのに……全然伝わってない。ずっとこっちにいるわけじゃないからなんて、そんなの、好きになるのに関係ないのに——。

理緒は憤然《ふんぜん》と、吟蔵に近づくと、

「本気だ、バカ!」

わめくように言《い》い捨《す》てるなり、図書室を後にした。

最後に見たのは、唖然《あぜん》とした吟蔵の顔。それに、さつきとナミオも、びっくりしてた。

吟蔵のバカ! もう知らない!


翌日《よくじつ》になっても、理緒はまだ、吟蔵のことで頭に来ていた。

せっかく告白したのに、あんなふうに冗談《じょうだん》っぽくごまかすなんて、信っじられない！

ムカつきながらも、店の表の掃《は》き掃除《そうじ》をする。すると、スマホからメールの着信音が鳴った。受信表示《ひょうじ》を確認《かくにん》すると、あやからだ。

『そっちに行く日、八月三日に決めたよ！』

あや、上湖村に来てくれるんだ！

理緒はうれしくなって、即《そく》レスした。

『うん、待ってるね！』

『あとさ、菅野《かんの》くんが理緒に会いたいって言ってるよ』

理緒は、返信を打つ手を止めた。

菅野くんって……確《たし》か、合コンで会った……。

あやから、つづけざまに一件《けん》の動画が送られてくる。そこには、菅野くんが、気まずそうに一人で映《うつ》っていた。「なにか言えよ」とタカヤに背中《せなか》を叩《たた》かれ、照れながら「菅野祐真です」などと意味のないことをつぶやいている。

この動画をどう解釈《かいしゃく》したものかと戸惑《とまど》う理緒の背後《はいご》で、お客さんの声がした。

「そばソフトひとつください」

理緒はあわててスマホをポケットにしまい、ふりかえる。

そこに立っていたのは、吟蔵だった。


理緒は、吟蔵の後について、林の中を歩いていた。

人の告白を軽くあしらったくせに、今さら訪《たず》ねてきたりして、なんなのっ!?

しかも、なにも言ってくれないし!

イライラしながらも、大人しく吟蔵の後ろを歩く。

昨日までは、すっと背筋《せすじ》の伸《の》びた吟蔵の背中が大好きだったはずなのに、今は目に入るだけでムカついてしょうがない。

しばらく歩くと、急に林が途切《とぎ》れ、ハート型をした湖が現《あらわ》れた。

理緒は、わぁっと感動して立《た》ち尽《つ》くした。

ハートの湖なんて、初めて見た……!

水面は、おだやかだった。山々が上下さかさまに、まるで鏡みたいにくっきりと映《うつ》りこんでいる。

「どんだけいいとこあんだ、上湖！」

興奮《こうふん》して叫《さけ》ぶ理緒を、吟蔵はうれしそうに見つめた。

そして、きゅっと表情《ひょうじょう》を引《ひ》き締《し》めると、

「冗談《じょうだん》とか言って、すみませんでした」

と、改まって言った。

「気持ちはすごいうれしい。だけど、俺《おれ》とあんたは住む世界が違《ちが》くて、大事なものも違くて」

吟蔵の声は、真剣《しんけん》だった。

「俺はこの村が好きなんだ。ここでやらないといけないことがあるし、だから、今はそういうの考えられない」

理緒は目を伏《ふ》せた。

ふられちゃった。そう思ったら、ちょっとだけ泣いてしまいそうだ。

でも、せっかく吟蔵が、まっすぐに向き合ってくれたから――私《わたし》も、ちゃんとしなきゃ。

理緒は、ふっきったような表情《ひょうじょう》を作ると、「あーあ」と吟蔵をにらんだ。

「言っとくけど、私、モテるんだからね、東京じゃ合コンすればモテすぎて困《こま》るし、その辺歩けば五分おきにナンパされるし」

吟蔵が、ぷっと噴《ふ》き出《だ》す。

「なんだそれ、東京怖《こわ》いんだけど」

二人は顔を見合わせて笑った。

大丈夫《だいじょうぶ》、と理緒は自分に言い聞かせた。

そんなに、悲しくない。だって、私たち、まだ友だちだから。

理緒は湖に向き直ると、すうっと息を吸《す》った。

「残りの夏休み！　楽しくやんぞ――――っ!!」

あらん限《かぎ》りの声を張《は》り上《あ》げる。

突然叫《とつぜんさけ》びだした理緒に、吟蔵はぎょっとした様子だったが、やがて、ふふっと小さく笑った。吟蔵も一緒《いっしょ》に大声で叫《さけ》ぶ。

波風ひとつないおだやかな湖を、理緒はさっぱりとした気持ちで見つめていた。

――あと数日で七月も終わり。でも！　夏はまだ終わらない！

◆

そんな理緒と吟蔵の様子をこっそりうかがう、ひと組の男女の姿《すがた》があった。

ナミオと、さつきだ。ナミオはビデオカメラを構《かま》えて、理緒と吟蔵の様子を撮影《さつえい》している。林を歩く理緒たちを偶然《ぐうぜん》見つけ、おもしろそうだからとしばらく撮影していたのだ。

しかし、理緒たちが思いがけず真面目《まじめ》な雰囲気《ふんいき》になって、出るに出られなくなってしまった。

「残りの夏休み！　楽しくやんぞ――――っ!!」

湖にむかってそう宣言《せんげん》した理緒の姿も、ビデオカメラはばっちりとらえていた。

5 吟《ぎん》蔵《ぞう》VS.祐《ゆう》真《ま》

あやが、遊びに来る日。

理緒《りお》は坂の上に立って、そわそわとあやが来るのを待っていた。

バス、ちゃんと乗れたかな？　電車遅《おく》れなかったかな？

夏休みに入る前は毎日のように顔を合わせていたから、最近会えなくて、すっごくさびしかった。

だから、坂を上ってくるあやの姿《すがた》を見たとき、理緒は思わず駆《か》け寄《よ》ってしまった。

「あや！」

あやは理緒に気づくと、「久《ひさ》しぶり！　元気だった？」と、顔を輝《かがや》かせた。

「うん！　元気元気！」

再会《さいかい》をよろこんでいると、バイクが通りかかった。運転しているのは、吟蔵だ。

理緒に気づいてバイクを停《と》めた吟蔵は、「東京の友だち？」とあやのほうを気にしながら聞いた。

「ちょっと、なに、あのイケメン」

あやが、興奮《こうふん》ぎみに、理緒の耳もとでささやく。

「ん？　そう？　いつも配達してくれる酒屋さんだけど」

理緒がしれっと答えると、あやは、なにやらとても楽しそうな顔になった。

と、そのとき、坂の下から男の子の声がした。

ん？　と視線をやると……そこにいたのは、夏休み前の合コンで会った男子たち。

名前は確《たし》か……菅野《かんの》祐真くんと、浅島《あさじま》タカヤくん。でも、なんで、この二人がここに？

「連れてきちゃいました〜。びっくりした？」

仰天《ぎょうてん》する理緒に、あやがいたずらっぽく言う。

「う、うん」

よく見ると、あやとタカヤはお揃《そろ》いのブレスレットをしている。

「実は、俺《おれ》たち、付き合うことになったんだ！」

ええ〜〜っ!?

あやと、タカヤくんが!?

「ね〜あやちゃん」

「ねぇ〜」

タカヤとあやが、いかにもカップルらしく、視線《しせん》を交《か》わし合《あ》う。タカヤはあやのぶんの荷物を持ってあげているようだ。

あやってば……いつのまに、そんなことに……。

唖然《あぜん》とする理緒の隣《となり》に、祐真がおずおずと寄《よ》ってくる。

「元気だった?」

「あ、う、うん」

タカヤとあやに気を取られていた理緒は、ぼんやりとした返事を返した。

そんな理緒と祐真の様子を、吟蔵はおもしろくなさそうに、眺《なが》めていた。

翌日《よくじつ》、東京からわざわざ来てくれたあやたちの歓迎《かんげい》を兼《か》ねて、河原《かわら》でバーベキューをした。

ナミオやさつき、吟蔵も一緒《いっしょ》だ。バーベキューのあとは川遊びをするつもりなので、みんな水着姿《みずぎすがた》だった。

祐真は、グリルにつきっきりで肉を焼き、せっせと理緒のところに運んできてくれた。

「ありがとう。菅野くんも、食べなよ」

理緒が言うと、祐真は「俺《おれ》、こういうの好きなんだ」とはにかんで、また肉を焼き始めた。

出会いが合コンだったから、ちょっとチャラい人かと思ってたけど……菅野くん、なかなかジェントルだなぁ。

理緒は感心しつつ、火加減《ひかげん》を調整する祐真に話しかける。

「ここまで来るの、大変だったでしょ、乗り換《のか》えとかたくさんで」

「全然。理緒ちゃんに会うためだし」

え？　私《わたし》に会うため？

理緒はきょとんとして、祐真を見つめ返した。祐真は照れた様子もなく、機嫌《きげん》よく、トングで串《くし》に刺《さ》さった肉をひっくり返している。

二人きりでなにやら会話をつづけている理緒と祐真の姿《すがた》を、吟蔵は、どことなくおもしろくなさそうに見つめていた。

やがて、気を取り直したようにカメラを持ちだすと、周囲の風景を撮《と》り始《はじ》める。川の水面や、川岸の砂利《じゃり》など、角度を変えながら何枚《なんまい》も撮影《さつえい》していると、

「吟蔵、なんかいいの撮れた？」

理緒が吟蔵に、肉の焼けた串を差し出した。

吟蔵は串を受け取りながら、「東京ってやっぱそういうとこなんだな」と、不機嫌《ふきげん》そうにつぶやいた。

「なにが？」

「あいつ」

吟蔵の視線《しせん》の先にいるのは、祐真だ。女子たちに、肉を配ってまわっている。

「あんなヘラヘラ愛想《あいそ》振《ふ》りまいて、チャラいな」

「吟蔵、なんかおかしいよ」

「別に、さすが東京だなぁって思って」

吟蔵は吐《は》き捨《す》てるように言った。唐突《とうとつ》に不機嫌《ふきげん》になっている吟蔵の様子に、つい理緒までイラついてしまう。

「言っておくけど、吟蔵のほうがよっぽどチャラいから。見た目だって吟蔵のほうがチャラいし！」

「はぁ？」

吟蔵が顔をしかめる。

今にも口げんかが始まりそうな雰囲気《ふんいき》になったところで、祐真がおだやかに、割《わ》って入ってきた。

「理緒ちゃん、あっちのほう、行ってみない？」

理緒は吟蔵をひとにらみすると、無言で祐真についていく。

祐真は、意味深に吟蔵を一瞥《いちべつ》して、理緒と一緒《いっしょ》に歩いていってしまった。


吟蔵って、ほんとにワケわかんないんだから……！

菅野くんがチャラいとか……自分のほうがよっぽどチャラいくせに、なに言ってんのっ！

すっかり憤慨《ふんがい》して、ぶすっとしている理緒に、隣《となり》を歩く祐真がぽつりと言った。

「仲いいよね、吟蔵さんと」

「え？」

「もしかして、理緒ちゃんの言う、運命の出会いだったのかなって」

「ち、ち、違《ちが》うよ！」

理緒は大あわてで、ぶんぶん両腕《りょううで》を振《ふ》って否定《ひてい》した。

「吟蔵は違うよ！」

むきになりすぎて語るに落ちている理緒の様子に、祐真がふふっと笑《え》みをもらす。

「わかりやすいな、理緒ちゃんは」

うー、見透《みす》かされてる……私《わたし》、ふられてるんだけどなぁ。

観念してうなだれた理緒に、祐真は、

「どんな出会い方だったの？」

と、優《やさ》しく聞いた。

「それは……大したことなくて、最初はショップカードもらったんだ。あとは、橋とか川にも連れていってもらって」

「運命って、それだけ？」

つぶやくように言うと、祐真は、ふいに立ち止まった。

「どうしたの？」

「そんなんでいいなら、俺《おれ》だって！　橋だって川だってどこにでも連れていくよ！」

祐真は顔を真っ赤にしてそう叫《さけ》ぶと、理緒の顔を見て聞いた。

「ねぇ、理緒ちゃん、俺と付き合ってくれない？」

「え？」

唐突《とうとつ》に言われ、理緒は目を丸くし、言葉につまった。

「えぇ！　……いや、えっと」


菅野くんに、告白されてしまった……。

でも、まだろくに話したこともないのに……なんで？　なんで私《わたし》？　返事ってしなきゃいけないの？　なんて言ったらいいの？

菅野くんの気持ちはうれしいけど、でも……私は、吟蔵のことが……。

混乱《こんらん》した頭のまま、理緒はみんなのところへと戻《もど》ってきた。

すでにバーベキューは、あらかた食べつくされている。ナミオが、みんなを見まわして、声を張《は》り上《あ》げた。

「これから、後片《あとかた》づけを賭《か》け、東京チームと上湖《うえこ》チームの勝負をしようと思います！」

わあっと、みんなが拍手《はくしゅ》で盛《も》り上《あ》げる。

勝負の内容《ないよう》は、水泳。

それぞれのチームの代表が、川を泳いで速さを競《きそ》うらしい。

「上湖チームは……吟蔵、おまえ行け！　上湖の力見せてやれ！」

ナミオに指名され、吟蔵が「おう」とうなずく。

東京チームは、タカヤ、祐真、理緒、あやの四人だ。

「どうする？」

タカヤに聞かれ、祐真は吟蔵のほうを思いきり意識《いしき》しながら、「俺《おれ》、行くわ」と前に進み出た。


かくして、吟蔵と祐真は、真っ向勝負することとなったのだった。

岩の上に立った二人は、お互《たが》い挑発的《ちょうはつてき》ににらみあい、バチバチと無言の火花を散らした。

「俺、理緒ちゃんに、付き合ってほしいって言いましたから」

祐真は、そう吟蔵に宣言《せんげん》した。

「はっきり言って、東京に帰ってからが勝負だと思ってるんで。俺《おれ》は近くにいられますから」

吟蔵は無言で、川の水面をにらんでいる。

「準備《じゅんび》いいかー」

ナミオが川岸から声を張《は》り上《あ》げる。

サンダルを脱《ぬ》いだ吟蔵は、足《あし》の裏《うら》に痛《いた》みを感じて、顔をゆがめた。見ると、割《わ》れたガラスを踏《ふ》んでしまったらしく、足の裏がざっくりと切れている。

血がどくどくと流れ出ていたが、吟蔵は、出血を隠《かく》して祐真の隣《となり》に並《なら》んだ。

「よーい……スタート！」

ナミオのかけ声《ごえ》で、二人同時に、川の中へと飛《と》び込《こ》む。

飛び込んだとたん、足の裏に刺《さ》すような痛みが走る。吟蔵は、痛みをこらえてクロールで川を泳いだ。負けじと祐真も、すぐ後ろについてくる。

始めは、吟蔵が勝っていたが、少しずつ祐真が追いつき――ゴールしたのは、ほとんど同時だ。

吟蔵と祐真は、視線を交《か》わしながら水面からあがった。

「吟蔵どうした！　上湖のトビウオと呼《よ》ばれたおまえが！」

ナミオは、勝てなくて悔《くや》しげだ。

「引き分けってことは、みんなで片《かた》づけだね」

さつきのひと言で、両チーム協力して、後片づけをすることになった。

しかし吟蔵は、人目を避《さ》けるように、さりげなく遠くへ歩いていってしまう。

吟蔵に目を留《と》めた理緒は、その歩き方に不自然さを感じて、後を追いかけた。


やっぱり、吟蔵の歩き方、なんか変だ……。

「吟蔵！」

駆《か》け寄《よ》った理緒は、吟蔵の足元を見てぎょっとした。

血が出てる……!!

理緒は、嫌《いや》がる吟蔵を無理やり座《すわ》らせて、ハンカチで応急処置《おうきゅうしょち》をした。血は止まりかけていたけど、けっこう深いところまでざっくりと切れていて、見ているだけで痛《いた》そうだ。

吟蔵、こんなにひどいケガしてるのに、菅野くんと勝負したの……？

「できた」

「サンキュ……」

吟蔵は、顔を少し赤くしながら、照れたようにお礼を言った。

そんな反応《はんのう》をされたら、理緒まで恥《は》ずかしくなってきてしまう。

失恋《しつれん》したばっかりなのに……なんか、意識《いしき》しちゃうよ。

期待なんてしちゃ、だめなのに。

「理緒ちゃ～ん！」

遠くから、祐真が理緒を捜《さが》す声が聞こえてきた。

あっと立ちあがろうとした理緒の腕《うで》を、吟蔵が強引《ごういん》につかんでひきとめる。

「おまえ、俺《おれ》のこと好きなんじゃねぇのかよ！」

吟蔵は、言ってからはっとした顔になって、

「あ、いや……」

と、口ごもりながら、理緒の腕《うで》を離《はな》した。

「……私《わたし》のことなんか、好きじゃないくせに」

理緒はぽつりとつぶやいた。

吟蔵は、なにも言わず、困《こま》ったように目を伏《ふ》せている。

ワケわかんないよ、吟蔵。

理緒は吟蔵が好きだった。だから告白して、そしてふられた。それでも、吟蔵と友だちでいたかったから、ふっきったのだ。平気なふりをして、気にしていないそぶりで、吟蔵に接《せっ》しつづけた。

それなのに、今さらそんなことを言うなんて――。

「ずるいよ！　吟蔵ずるい！」

それだけ言うと、理緒は祐真のところへと、駆《か》けていった。

去っていく理緒の後《うし》ろ姿《すがた》を、吟蔵は声をかけることもできずに無言で見送った。

自分の言ったことが信じられなくて、頭を抱《かか》えてしまう。

「なにしてんだ、俺《おれ》……」

6 吟《ぎん》蔵《ぞう》の夢《ゆめ》

滞在中《たいざいちゅう》、あやと祐真《ゆうま》、タカヤは、吟蔵たちとあちこち遊びまわり、すっかり上湖村《うえこむら》になじんだ。

三人が東京に帰る日には、みんながバス停《てい》まで見送りに集まった。

その中には、もちろん吟蔵の姿《すがた》もあったが、理緒《りお》はなんとなく吟蔵のことを避《さ》けつづけていた。

吟蔵の気持ち、よく分かんないよ……。

一人でモヤモヤしていると、後ろから祐真に声をかけられた。

「理緒ちゃん。今度こそ、いいかな？」

そう言って、祐真がポケットから取り出したのは、スマホだ。

「あ、うん」

理緒もスマホを出し、お互《たが》いのアイディーを交換《こうかん》した。

「東京で待ってるから」

真剣《しんけん》な顔でそう言われて、理緒は返事に困《こま》ってしまった。

菅野くんの気持ちはうれしいけど、でも、私《わたし》の好きな人は――。


あやたちを乗せたバスが、遠ざかっていく。

見えなくなるまで手を振《ふ》って、一同はぞろぞろと、くだってきた坂を上り始めた。

吟蔵は、理緒の後《うし》ろ姿《すがた》を見つめ、一人立ち止まった。耳の奥《おく》によみがえるのは、祐真に言われた言葉。

――俺《おれ》、理緒ちゃんに、付き合ってほしいって言いましたから。はっきり言って、東京に帰ってからが勝負だと思ってるんで。

夏休みは、着実に終わりに近づいている。

吟蔵は、成瀬《なるせ》そばのビールサーバを調整していた手をふと止めて、壁《かべ》にかかったカレンダーをぼんやりと眺《なが》めた。

八月三十日の欄《らん》には『上湖祭《うえこまつ》り』、そして三十一日には『理緒と颯太《そうた》が帰る日』と書かれていた。

あやたちが帰っていったように、理緒も上湖村を去って東京に戻《もど》る――。

「あっぢぃ――。ただいま」

だらしのない声が聞こえてきて、吟蔵ははっとふりむいた。

大量に荷物を抱《かか》えた女の人が、店の中へ入ってくるところだった。その顔に、吟蔵は見覚えがあった。

船見奈緒《ふなみなお》。

成瀬のおばあちゃんの娘《むすめ》で、つまり、理緒たちの母親だ。

キッチンから顔を出した颯太と理緒が、「お母さん！」と、奈緒に駆《か》け寄《よ》る。

「二人とも元気してた～？」

奈緒に聞かれ、颯太は「うん！」と笑顔《えがお》でうなずいた。

「仕事、大丈夫《だいじょうぶ》なの？」

荷物を運ぶのを手伝いながら、理緒が聞く。

「無理やり休みとっちゃった」

奈緒はいたずらっぽくそう言うと、「おばあちゃんは？」と、キョロキョロ辺りを見まわした。

「今、婦人会《ふじんかい》の集まりで」

と、吟蔵が理緒たちの会話に口をはさんだ。理緒が、気まずげにぱっと吟蔵から目をそらす。

奈緒は、吟蔵の前掛《まえか》けにある『泉《いずみ》』の文字に気づいて、目をしばたたいた。

「……もしかして、吟ちゃん？」

「お久《ひさ》しぶりです」

吟蔵があいさつすると、奈緒は「おっきくなったねぇ。しかも男前になってぇ」と顔をほころばせた。

小さなころ、ときどき奈緒に遊んでもらっていたと醸二《じょうじ》から聞いたことがあるが、吟蔵にその記憶《きおく》はない。吟蔵は少し照れつつ、ぺこりと会釈《えしゃく》した。

そのとき、奈緒のスマホの着信音が鳴った。

「はい、船見です。はい、ちょっと待ってください」

応対《おうたい》した奈緒は、荷物の中からノートパソコンを出して立ち上げた。そのせわしない様子に、颯太があきれたように理緒に目配せする。

「相変わらずのようで」

「本当にね」

と、理緒もあきれ半分にうなずく。

なにげなく奈緒のノートパソコンをのぞきこんだ吟蔵は、ディスプレイに釘付《くぎづ》けになった。

そこに表示《ひょうじ》されていたのは、見慣《みな》れた画像編集《がぞうへんしゅう》ソフト。

奈緒はプロの広告デザイナーらしく、クライアントと話をしながら、画像の加工を変更《へんこう》しているようだった。

吟蔵は目を輝《かがや》かせ、熱いまなざしを、奈緒にじっとそそいだ。

電話を終えた奈緒は、そのまま作業に没頭《ぼっとう》し始めた。その背中《せなか》にむかって、吟蔵はおずおずと声をかけた。

「……あの、こういう仕事って、やっぱちゃんとしたスキル勉強しないと務《つと》まらないですよね？」

作業の手を止めた奈緒は、吟蔵のほうをふりかえり、にっこりした。

「興味《きょうみ》あるんだ」

「あ、いや、えっと……」

らしくもなく、吟蔵は目を泳がせた。気まずくなったのか、立ち去ろうとして、理緒と目が合ってしまう。

気まずい雰囲気《ふんいき》が流れ、二人はどちらからともなく目をそらしてしまった。


泉屋《いずみや》に戻《もど》った吟蔵は、レジ横に置いたノートパソコンを操作《そうさ》していた。

ディスプレイには、加工済《かこうず》みの写真がいくつか映《うつ》しだされている。新しいショップカードのデザインを検討《けんとう》しているのだ。

奈緒の作業を見ているうちに、自分もやりたくなってしまったのだった。

熱中していると、観光客のグループが、飲み物を持ってレジに来た。

「いらっしゃいませ」

と、吟蔵は作業を中断《ちゅうだん》して、レジを打つ。

女性《じょせい》が、レジの横にあるショップカードに気づいた。

「これ、かわいい！」

「よかったら持ってってください」

吟蔵はいつもの営業《えいぎょう》スマイルで、ショップカードを差し出した。自分が作ったものを、他人に手に取ってもらえるのは、素人《しろうと》なりにうれしくなってしまう。

会計を済《す》ませると、商品の補充《ほじゅう》のため、吟蔵は店の裏《うら》にまわった。

さきほどの観光客のグループの話す声が、聞こえてくる。ふと顔をあげると、女性の一人が、さっき吟蔵が差し出したカードを手に持っていた。

「これ、絶対《ぜったい》インスタ映《ば》えするよね！」

女性《じょせい》の言葉に、吟蔵の顔が思わずほころんだのも束《つか》の間《ま》。

一緒《いっしょ》にいる男性の一人が「そうか？」と首をかしげた。

「ありがちじゃねぇ？　なんか、田舎《いなか》くせぇし」

バカにしたように言いながら、車に乗《の》り込《こ》む。

吟蔵は、悔《くや》しげに唇《くちびる》をかんで、去っていく車を見送った。


翌日《よくじつ》。

理緒は吟蔵たちと一緒に、上湖祭りの高校生本部の話し合いに参加していた。

「宣伝《せんでん》が足りねぇって、ジョニーからプレッシャーかけられてるんだ」

進行役のナミオが告げると、みんな「え～」「なんだよ～」とざわざわし始めた。

今だって十分がんばってるのに、と不満げに口をとがらせる。

「もっと若い客を増やせって言われてるんだ」

ナミオがとりなすように言えば、「どうせ年寄《としよ》りしか見ねぇよ！」などとヤジが飛んだ。

けれど、理緒は吟蔵のことが気になって、話し合いに集中できずにいた。

離《はな》れた席に座《すわ》る吟蔵は、どことなく元気がないように見える。

理緒の頭をよぎるのは、昨日のこと。目を輝《かがや》かせて、仕事をする奈緒を見つめていた吟蔵の姿《すがた》。

吟蔵、やっぱり、デザインの仕事に興味《きょうみ》があるんだ……。

万里香《まりか》に言われたように、簡単《かんたん》に「東京においでよ」なんて、言っちゃいけないのかもしれないけど……。

だけど、あんなに素敵《すてき》なショップカードが作れるのに、夢《ゆめ》をあきらめちゃうなんて、もったいないよ！

そう声をかけて背中《せなか》を押《お》したいけど、告白してふられてから、吟蔵とは気まずいままだ。

理緒は、モヤモヤした気持ちを抱《かか》えたまま、吟蔵を見つめた。

もっと、吟蔵に、好きなコトしてほしいのに……。

「あ、あの！」

理緒は立ちあがって、提案《ていあん》した。

「フェスみたいに、フライヤー作るのってどうかな？」

みんなが一斉《いっせい》に、理緒のほうを見る。

「フェスっぽくね。なるほど、いいかもな」

感心したようにうなずいたのは、ナミオだった。

周りからも「いいかも」「いいね」と、賛同《さんどう》の声があがる。

「吟蔵、作れるよね」

理緒に言われて、吟蔵は「俺《おれ》？」と驚《おどろ》いたように目を丸くした。

「お！　いいじゃん！　吟蔵やれよ！　なぁみんな！」

ナミオが言い、みんなが、うんうんとうなずく。

しかし吟蔵は、よろこぶでもなく、複雑《ふくざつ》そうな顔をして押《お》し黙《だま》っていた。

山の中にある上湖村は、夕方になると、急に涼《すず》しく、過《す》ごしやすくなってくる。

上湖祭りの話し合いを終えて、おばあちゃんの家に帰ってきた理緒は、店の中を掃除《そうじ》していた。

と、そこへ、店の表の掃除をしていた吟蔵が入ってくる。

「前振《まえふ》りなしは、ビビるわ」

吟蔵は、うらみがましい口調でボソリとつぶやいた。

意味がわからず、理緒が「え？」と首をかしげると、吟蔵は「ライブのフライヤー」とぶっきらぼうにつけたした。

「まぁ、祭り用だし。適当《てきとう》にやるわ」

理緒はむっとして、吟蔵をにらみつけた。

そんなこと言って……本当はデザインするの、大好きなくせに。

「ここにあるやつ、全部適当だった？」

店内の掲示板《けいじばん》のショップカードを、目で指して聞く。

吟蔵はカードのほうをちらりと見て、押《お》し黙《だま》った。

「吟蔵が作るのってすごいんだよ！　かっこいいし、目に飛《と》び込《こ》んでくるしさ」

そう言って、理緒は掲示板《けいじばん》に貼《は》ってあるショップカードの一枚《まい》を、手に取った。

「これなんて、本当に一目惚《ひとめぼ》れだったよ！」

初めて会ったときにもらった、ＩＺＵＭＩＹＡのカードだった。

一所懸命《いっしょけんめい》に話す理緒の顔を、吟蔵は暗い表情《ひょうじょう》でちらりと見やった。

「俺《おれ》はおまえが言うほどすごくないし、結果出してるナミオみたいな自信はないよ」

こんなふうに気弱な吟蔵を見るのは、初めてだ。

理緒は、言葉に詰《つ》まってしまった。

「才能《さいのう》があるのか無いのか、東京に行けばわかるかもしれないけど……だから行くのが怖《こわ》い……」

理緒は、吟蔵の顔をじっと見つめた。

新しいことに挑戦《ちょうせん》するのを恐《おそ》れる気持ちは、理緒にもわかる。

でも、吟蔵の作るカードが素敵《すてき》なのは本当だ。

理緒は、吟蔵の作ったカードを見たとき、すっごく感動したのだ。

「未来のこと考えて、今を動かないなんてもったいないよ」

理緒は吟蔵をまっすぐに見つめて言った。

「それに、もし、吟蔵が東京に行って、うまくいかなかったとしたら、戻《もど》ってきて、酒屋さんやればいいんじゃないの？」

吟蔵は、ちょっとあきれたような表情《ひょうじょう》になった。

「……そんな、簡単《かんたん》に」

「保険《ほけん》作るみたいでダサい、みたいな？　でも別に、ダサくてもいいんじゃないの？　そんなかっこいい人生送ってる人なんかいないよ！」

励《はげ》ましたつもりだったのだが、吟蔵はまた、黙《だま》りこくってしまった。

もしかして私《わたし》、また、無責任《むせきにん》なこと言っちゃったのかな。

吟蔵に、自信を持ってほしかっただけなんだけどな……。

「ごめん、私《わたし》、また生意気なこと言って……」

しゅんとして謝《あやま》る理緒を見て、吟蔵がゆっくりと笑顔《えがお》になった。

「おまえって、すげぇな」

と、明るく笑われる。

なにがどうすごいんだかわからなかったけど、吟蔵が笑ってくれたことに、理緒はほっとした。

吟蔵はふと真剣《しんけん》な表情《ひょうじょう》になると、理緒に、

「明日《あした》、暇《ひま》か？」

と聞いた。

「隣町《となりまち》で花火大会あんだ。二人で行かないか？」

「え……それって」

もしかして、デート!?

理緒は一瞬《いっしゅん》期待してしまったが、吟蔵は目を泳がせながら、

「あ、いや、えっと、フライヤーの写真撮《と》りに行こうかなって……」

と、しどろもどろに付け加えた。

「あ、そうだよね……」

早とちりしちゃった。

ふられてるのに、デートなわけ、ないよね……。

「うん、行く、手伝うよ！」

理緒は気を取り直して、明るく言った。

デートじゃなくても、吟蔵とお出かけできるだけで、テンションあがる！

7 金魚と花火

隣町《となりまち》の花火大会へ行く理緒《りお》に、奈緒《なお》は古い浴衣《ゆかた》を出してきて、着せてくれた。

「はい、できた」

浴衣は、白地に薄水色《うすみずいろ》の縦《たて》じまが入っていて、全体に藍色《あいいろ》の花が散っている。帯《おび》はあざやかな黄色。奈緒のお古だが、シンプルでかわいらしいデザインだ。

理緒は、鏡の前でくるりと一回転して、着付けをチェックした。

ぴしっときれいに着られてる、けど……いきなり浴衣で行ったりしたら、吟蔵《ぎんぞう》、ひかないかな？

「なんか、一人ではりきってるみたいにならないかな」

着終わってから、今さら心配になってきてしまう。

浮《う》かない顔の理緒に、奈緒は「あら、なんでよ」と口をとがらせた。

「はりきってもいいじゃない」

「うん、でもさ……」

はっきりしない理緒を見て、奈緒が、なにかを察したようにニヤリとする。

「十六歳《さい》の夏は、一度きりしかないんだよ」

「……うん」

理緒はあいまいに返事をして、ちらりとカレンダーのほうを見やった。

八月も、もう半分過《す》ぎ。

そして、夏休みが終わったら、理緒は東京に帰らなければいけない。

吟蔵と過ごせる夏は、もう、あと少し……。

悩む理緒を元気づけるように、奈緒は、大きな赤い花かざりを、理緒の髪《かみ》につけてくれた。


焼きそば、わたあめ、焼きトウモロコシに、金魚すくい。

隣町《となりまち》の商店街には、ずらりと屋台が並《なら》んでいた。

「人、すごいね」

人ごみを歩きにくそうに通りぬけながら、理緒は隣を歩く吟蔵のほうを見た。

結局、吟蔵も浴衣《ゆかた》を着てきてくれた。灰色に白い線の模様《もよう》が入った、シンプルなデザインの浴衣だ。

理緒と目が合った吟蔵は、なぜか少しだけ顔を赤くして、照れたように目をそらした。

「あぁ……そうだ、あそこの上が穴場《あなば》なんだ。後で行こうぜ」

ごまかすように言って吟蔵が指さしたのは、会場とは逆《ぎゃく》の方向にある坂の上だ。確《たし》かに、見晴らしがよさそうだった。

「うん！」

理緒は元気よく返事をした。

屋台をまわりながら、坂を目指してのんびりと歩く。

途中《とちゅう》、理緒は金魚すくいに挑戦《ちょうせん》してみた。簡単《かんたん》そうに見えて、やってみるとなかなか難《むずか》しい。

四苦八苦する理緒を、吟蔵が楽しそうにスマホで撮影《さつえい》した。

一匹《ぴき》もとれないうちに、とうとうポイが破《やぶ》けてしまう。

あーあ、もう破れちゃった。金魚、ほしかったなあ……。

がっかりしていると、「とってやるよ」と、今度は吟蔵が挑戦《ちょうせん》することになった。

持っていたスマホを理緒にあずけ、吟蔵は水槽《すいそう》の前にしゃがみこんだ。ポイをそうっと水の中に差し入れて、器用に金魚をすくっていく。

「すごい！」

吟蔵は、あっという間に金魚をつかまえてしまった。

ぱちぱちと手をたたいてよろこぶ理緒に、吟蔵はフフンと得意げな顔をしてみせた。


あんなにあっさり金魚とっちゃうなんて、さすが吟蔵！

吟蔵がつかまえてくれた金魚の入った金魚袋《きんぎょぶくろ》を片手《かたて》に、理緒はすっかりご機嫌《きげん》だった。

「名前、なににしようか？」

ふりかえった理緒は、そこに吟蔵がいないことに気づいて足を止めた。

「吟蔵?」

きょろきょろと辺りを見まわすが、見知らぬ人が行きかうばかりで、吟蔵の姿《すがた》は見当たらない。

はぐれちゃったかな……。

理緒は、スマホで吟蔵に電話をかけた。

すると、なぜか理緒が持った巾着《きんちゃく》の中から、着信音が聞こえてくる。

「あ!」

吟蔵のスマホを金魚すくいのときにあずかって、そのまま巾着の中に入れっぱなしにしていたのだった。

これじゃあ、連絡《れんらく》が取れない……どうしよう~!

理緒は不安になりながらも、ともかく吟蔵を捜《さが》して、人ごみの中を歩き始めた。

坂の上が、穴場《あなば》だって言ってたよね。

あそこに行けば、会えるかも。

坂を上りきると、見晴らしのいい開けた場所があった。目の前には、海が見える。

ここまで来ると、もうそれほど混《こ》んでいない。

「理緒！」

辺りをきょろきょろと見まわしていると、吟蔵の声に呼《よ》ばれた。ふりむくと、吟蔵がほっとした表情《ひょうじょう》で、駆《か》け寄《よ》ってくる。

「すげぇあせった」

「私《わたし》も〜。もう一生会えないかと思った〜」

理緒は微笑《ほほえ》んだ。

はぐれちゃったときは不安だったけど……無事に会えて、よかったぁ。

吟蔵と二人、並《なら》んで海を見つめる。

すると吟蔵が、なにかを思い出したように、突然《とつぜん》ふっと小さく笑った。

「ん？」

「前、修学旅行《しゅうがくりょこう》のとき、東京行った話、したよな？」

うん、と理緒はうなずいた。

「そんとき、俺《おれ》さ、渋谷《しぶや》でみんなとはぐれたときあったんだ、東京ってすげぇ看板《かんばん》あるじゃん。上ばっかり見てて、気づいたら誰《だれ》もいなくてさ」

あせる吟蔵を想像《そうぞう》して、理緒はふふっと笑った。

確《たし》かに、渋谷は町じゅうあちこち看板だらけで、東京に住んでいる理緒ですら、ときどき圧倒《あっとう》されてしまうほどだ。

「それで、神社の近くだったかな、迷《まよ》いこんだ路地に偶然《ぐうぜん》見つけた壁《かべ》アートがあってさ。ヒマワリだったんだけど、それがすっごいかっこよくて。なんか理緒とはぐれて、急に思い出したわ。あの絵、まだあるのかなぁ」

吟蔵、やっぱりアートとかデザインとか、そういうのが好きなんだなぁ……。

なつかしそうに笑う吟蔵を、理緒は目を細めて見守った。

そのころ。

上湖村《うえこむら》では、奈緒と醸二《じょうじ》が、つまみを囲んで晩酌《ばんしゃく》をしていた。

「俺《おれ》が奈緒ちゃんを追いかけて東京に行ってたら、今頃《いまごろ》、どうなってたかなぁ」

酒で顔を赤くした醸二が、夢見《ゆめみ》るようにうっとりと言う。

「もしかして理緒ちゃんが俺の娘《むすめ》に……」

「いやいや、その前に、付き合ってもないよね？」

奈緒はすかさずツッコミを入れたが、醸二は構《かま》わず、

「今、考えると青春だよなぁ」

と、しんみりとつぶやいた。

「聞いてないし。昔から全然変わってない」

そう言うと、奈緒は目の前のグラスをあおった。そして、ふっと真剣《しんけん》な顔になって聞く。

「吟ちゃんのことはどうするつもりなの？」

吟蔵の名前が出て、醸二も真顔になった。

「あんたと同じようにこのまま自分の夢《ゆめ》をあきらめさせるつもりなの？」

奈緒が重ねて聞く。

醸二は、手持《ても》ち無沙汰《ぶさた》にグラスをくるくる回しながら、酔《よ》ってかすれた声で言った。

「気づいてねぇわけじゃないんだけどな、でも、あいつは、な〜んも言わねぇんだ。俺《おれ》を説《と》き伏《ふ》せる覚悟《かくご》がねぇんだったら……なにもできやしねぇさ」


ドン！　ドン！

大輪の花火が、夜空に打ち上げられていく。

理緒はまばたきも忘《わす》れて、見入っていた。

距離《きょり》が近いせいか、東京で見るよりも、ずっと大きく感じられる。

音の衝撃《しょうげき》も、ビリビリと迫《せま》ってくるみたいで、すごい臨場感《りんじょうかん》だ。

隣《となり》に座《すわ》る吟蔵の横顔を、ちらりと見る。

吟蔵は、花火に夢中《むちゅう》だ。花火が弾《はじ》けるたびに、明るい光が吟蔵の顔を照らした。

花火、吟蔵と見られて、よかったな。

なんだか、今までに見た花火の中で、今日がいちばんきれいな気がする。

最後にひときわ大きな花火が打ち上がり、その余韻《よいん》が消えて、空はようやく静かになった。

「今ので、最後みたいだな」

隣《となり》で吟蔵がつぶやく。

「花火の写真、撮《と》らなくてよかったの？」

「あぁ。本当は、理緒と来たかっただけだし」

理緒も同じ気持ちだった。

本当は、花火大会なんてどうでもよくて、吟蔵と一緒《いっしょ》にいたかっただけ。

やっぱり、私《わたし》、吟蔵のことが好きだ。

「ねぇ吟蔵」

「ん？」

理緒は手をぎゅっとにぎりしめ、思いきって切り出した。

「夏休み、終わるまででいいから……東京帰ったら、なかったことにするから、私《わたし》と付き合ってくれませんか？」

言ってしまった。

一度ふられてるのに、我《われ》ながらあきらめが悪いと思う。

それに、夏休みが終わるまで、なんて勝手すぎるかもしれない。

だけど、このまま、吟蔵と友だちで終わるのは、どうしてもつらかった。

どくん、どくん。

心臓《しんぞう》の鼓動《こどう》がどんどん大きくなっていく。今にも爆発《ばくはつ》してしまいそうだ。

ところが吟蔵は、荷物を持って立ちあがると、

「帰ろう」

何事もなかったかのようにそう言って、その場を去ろうとした。

理緒は、反射的《はんしゃてき》に立ちあがった。

「帰らない！」

気が付いたら、そんなふうに叫《さけ》んでいた。

「帰ったら、夏休み、また減《へ》っちゃうんだよ！　もっとずっと、吟蔵と一緒《いっしょ》にいたい！」

「夏休みが終わるまでなんて！」

吟蔵も、理緒に言い返した。

「俺《おれ》が都合よすぎだろうが！」

理緒は驚《おどろ》いて、吟蔵を見つめ返した。

「……それって、どういう意味？」

理緒がぽつりと聞く。

しかし吟蔵はなにも答えず、理緒の手をつかんで、来た道を戻《もど》り始《はじ》めた。

吟蔵……どうしたんだろう……。

理緒は、黙《だま》って手を引かれながら、吟蔵の後《うし》ろ姿《すがた》を見つめていた。


翌日《よくじつ》。

万里香《まりか》はいつものように、父親の経営《けいえい》する大鳥百貨店《おおとりひゃっかてん》で店番をしていた。

「オス」

店先に、吟蔵が姿《すがた》を見せる。

「金魚のエサって売ってるか？」

「金魚なんて飼《か》ってたっけ？」

万里香が、首をかしげる。

「俺《おれ》じゃなくて。昨日屋台でとったんだ」

「屋台……」

万里香は無表情《むひょうじょう》につぶやくと、

「花火大会、行ったんだ」

と、小さな声でつけたした。

聞こえなかったのか、吟蔵が「ん？」と首をかしげる。

「エサね、あるかな〜」

万里香は、ごまかすように言うと、商品棚《しょうひんだな》にむかった。

「かなり前に注文した覚えはあるけど……」

ひとりごとのようにつぶやきながら、ガサガサと探《さが》し始《はじ》める。

「ねぇ吟蔵」

「ん？」

「吟蔵はさ、上湖好きだよね？」

吟蔵が、答えづらそうに押《お》し黙《だま》る。

「あった」

と、万里香は棚《たな》の奥《おく》から小さな箱を引《ひ》っ張《ぱ》り出《だ》してきた。

「ちょっとホコリかぶってるけど、大丈夫《だいじょうぶ》でしょ。はい、二百円」

ぱんぱんと薄《うす》く積もったホコリをはたいて、吟蔵の前に差し出す。

「吟蔵は、どこにも行ったりしないよね？」

「……当たり前だろ」

答えるまでに、間があった。

以前の吟蔵なら、きっと即答《そくとう》したのに。

吟蔵が変わったのは、きっと、あの子のせいだ。

会計を済《す》ませると、吟蔵はそそくさと、店を出ていった。

8 理《り》緒《お》の願いごと

奈《な》緒《お》が東京に帰る日。

理緒は、颯太《そうた》とおばあちゃんと一緒《いっしょ》に、店の前まで奈緒を見送りに出た。

忙《いそが》しい奈緒が、上湖村《うえこむら》に滞在《たいざい》していられたのは、ほんの数日だ。こんなに時間に追われている人が、こののんびりした上湖村で生まれ育ったなんて、理緒はときどき信じられなくなる。

店の前では、泉屋《いずみや》の軽トラックに乗った醸二《じょうじ》が、奈緒のことを待っていた。このまま駅まで送ってくれるらしい。

理緒と颯太が、帰ってしまう奈緒と言葉を交《か》わしている。吟蔵《ぎんぞう》も一緒だ。

奈緒は、吟蔵に気づくと、名刺《めいし》を差し出した。

「なにかあったら連絡《れんらく》して。相談くらいはのるよ」

吟蔵は、受け取った名刺《めいし》を、じっと眺《なが》めた。広告デザイナーの名刺に、興味津々《きょうみしんしん》なようだ。

運転席の醸二は、名刺に見入る吟蔵に、ちらりと視線《しせん》を投げた。

「あと二週間よろしくね」

と、奈緒が、おばあちゃんに声をかける。

「気を付けて、仕事もほどほどにね」

おばあちゃんがおだやかに答えた。

じゃあね、と奈緒が助手席に乗《の》り込《こ》むと、醸二は車を発進させた。

またすぐに会えるけど、それでもちょっとさびしくて、理緒は去っていくトラックを無言で見つめた。

見えなくなるまで見送ってから、部屋に戻《もど》る。窓辺《まどべ》には、昨日吟蔵にとってもらった金魚が、金魚鉢《きんぎょばち》の中ですいすい泳ぎまわっていた。

「これ、やるよ」

吟蔵が入ってきて、古びた箱を、理緒に手渡《てわた》した。

金魚のエサのようだ。

「ありが……」

「じゃあな」

箱を渡《わた》すだけ渡すと、吟蔵はそっけなく踵《きびす》を返《かえ》した。

理緒を避《さ》けるようなその態度《たいど》に違和感《いわかん》をおぼえて、後を追う。

「エサありがとう！　金蔵《きんぞう》もよろこぶよ！」

店の外に出た吟蔵の背中《せなか》にむかって、そう声をかける。吟蔵は、

「……金蔵って」

と、苦笑《くしょう》しながらふりかえった。

「吟蔵がとってくれたから、金蔵！」

理緒が元気よく言うと、吟蔵は、また少し笑ってくれた。

だけど、和《なご》やかな空気になったのは一瞬《いっしゅん》で、またすぐ無言になってしまう。

なんだか気まずい雰囲気《ふんいき》なのは、やっぱり、理緒が昨日言ったことのせいだろうか。

夏休みが終わるまででいいから、なんて。

「……昨日、変なこと言ってごめん」

理緒は硬《かた》い声で謝《あやま》った。

全部なかったことにして、吟蔵とまた、仲よしに戻《もど》りたい。

「じゃあね」

店の中にもどろうとした理緒の腕《うで》を、吟蔵がつかんでひきとめる。

「夏休みが終わるまでとか、もうなんでもいいから俺《おれ》と一緒《いっしょ》にいよう」

ひといきにそう言われて、理緒は跳《と》び上《あ》がりそうになった。

「い、一緒にいるって、どういう……」

吟蔵は理緒の手を強く引いて、抱《だ》き寄《よ》せた。

吟蔵の胸《むね》の中《なか》に倒《たお》れこみ、一瞬《いっしゅん》頭が真っ白になる。

それから、すぐにうれしさがこみあげてきて、理緒は、しがみつくように吟蔵の身体《からだ》を抱きしめ返して言った。

「吟蔵、大好き」

心臓《しんぞう》の音がドキドキとうるさい。

だけど、吟蔵の心臓の音も、同じくらい高鳴っていた。

一緒《いっしょ》にいよう。

そう言ってもらえたことが、どうしようもないくらいうれしくて、理緒はいつまでも、吟蔵と抱《だ》きしめ合《あ》っていた。


それからの夏休みは、史上最高に楽しかった。

吟蔵のバイクの後ろに乗せてもらって、あちこち走りまわったり。

フライヤーに使うための写真を風景のいい場所で撮影《さつえい》したり。

完成したフライヤーを町じゅうに貼《は》ってまわったり、お祭りで流す動画の編集《へんしゅう》作業をしたり。

フライヤーを見かけた観光客が「おしゃれだねー」と話す声が聞こえてきたときは、本当にうれしかった。

吟蔵と過《す》ごす時間は幸せで、だからこそ、この時間が永遠《えいえん》ではないことがさびしくて仕方なかった。

このままずっと、吟蔵のそばにいられたらいいのに。

このまま時間が止まればいいのに。

夏が終わらなければいいのに。

そんなふうに思わずにはいられない。

吟蔵も同じ気持ちだったら、うれしいな――。


楽しい時間は飛ぶように過ぎて、あっという間に、上湖祭《うえこまつ》り前日を迎《むか》えた。

お祭りが終わった翌日《よくじつ》には、理緒は、東京に帰らねばならない。

村人たちは、提灯《ちょうちん》をつるしたり旗をくりつけたりと、朝からせっせと飾《かざ》りつけをしている。上湖祭りは村の一大イベントで、お祭りの日には村じゅうの店が閉店《へいてん》になるほどだ。

泉屋の入り口のガラス窓《まど》にも、『明日《あした》は祭りのため、臨時《りんじ》休業』と張《は》り紙《がみ》がされている。

理緒は、いつものように吟蔵を訪《たず》ねて、泉屋へと入っていった。

今日の理緒は、ちょっとだけ、特別だ。せっかくの、お祭りの前日だから、吟蔵がびっくりするような格好《かっこう》をしてみた。

吟蔵、驚《おどろ》くかなー？

わくわくしながら、吟蔵が出てくるのを待つ。

案の定、吟蔵は理緒の姿《すがた》をひと目見るなり、

「お、おまえ、なにそれ……」

と、あんぐりと口を開けて固まってしまった。

今日の理緒は、上湖高校《うえここうこう》の制服《せいふく》を着ているのだ。

「さつきちゃんに借りたんだ。吟蔵も制服着て！」

吟蔵は照《て》れながらも、自分の制服に着替《きか》えてきてくれた。

半袖《はんそで》の白いワイシャツに、えんじ色のネクタイ。

すとんとしたシルエットのズボンは、吟蔵の長い脚《あし》によく似合《にあ》っている。

理緒は、ほぁー……、とすっかり見とれてしまった。思わず写真におさめる。

夏休みの間は毎日私服《しふく》だったから、吟蔵の制服姿《せいふくすがた》を見るのは、なんだか新鮮《しんせん》だ。


それから二人は、上湖神社《うえこじんじゃ》へとむかった。

吟蔵と一緒《いっしょ》に、こうして制服で並《なら》んで歩いていると、それだけでドキドキしてきてしまう。

なんだか、夏休みの間だけしか一緒にいられない間柄《あいだがら》じゃなくて……普通《ふつう》に同じ高校に通っていて、毎日一緒にいられる、クラスメイトになったみたいだ。

吟蔵と一緒に登下校したり、放課後寄《よ》り道《みち》したりできたら、楽しいだろうなぁ。

そんなことを考えていたら、階段《かいだん》につっかかってしまい、理緒はつんのめった。

危《あぶ》ないところで、吟蔵が理緒に手を貸《か》し、引っぱりあげてくれる。

はっと顔をあげると、吟蔵の顔が、すぐ近いところにあった。

今にも唇《くちびる》が触《ふ》れそうなくらいの距離《きょり》。

理緒はドキドキしながらも、期待してぎゅっと目をつむった。

しかし、

「行くぞ」

吟蔵は短く言うと、先に立って歩きだしてしまった。

なんで……。

理緒は悲しい気持ちになりながら、そっけない背中《せなか》にむかって聞いた。

「……なんでキスしないの？」

吟蔵が足を止める。

そして、理緒のほうをふりかえると、顔をゆがめた。

「夏休み終わっても一緒《いっしょ》にいていいなら、もう、とっくに！」

ずっと一緒にいられるわけじゃない。

明後日《あさって》には、理緒は東京に帰らなければならない。

さびしさが押《お》し寄《よ》せてきて、理緒は、かすかに震《ふる》える吟蔵の手を取った。感触《かんしょく》を確《たし》かめるように、ぎゅっとにぎりしめる。

吟蔵も、強くにぎり返してくれた。

その手の温かさに、少しだけ、励《はげ》まされるような気がする。

夏休みが終わったら、離《はな》れ離れにならなきゃいけない。

その事実は、あまりに残酷《ざんこく》で。

二人は手をつないだまま、無言で階段《かいだん》を下り始めた。


階段を下りきったところには、小さな滝《たき》と泉《いずみ》があった。

「すごいきれい……」

緑に囲まれたその滝はとてもきれいで、理緒はすっかり見とれてしまった。

「ここで願いごとをすると、絶対《ぜったい》かなうって言われてて有名なんだ」

「本当!?」

期待してうれしそうにふりかえった理緒に、

「まぁでも、一生に一回だけなんだけどな」

と、吟蔵は苦笑いでつけたした。

「ええ、なにお願いしようかな……」

考《かんが》え込《こ》んだ理緒は、ふと、吟蔵のほうを見た。

「……吟蔵は、なにをお願いするの？」

「そうだな、俺《おれ》は……俺の分も、理緒の願いがかないますように」

そう言うと、吟蔵は泉《いずみ》にむかって手を合わせた。

それから、理緒のほうをむいて、ニッと笑顔《えがお》を見せる。

「よかったな、これで願いごと二つまでいけんぞ」

吟蔵の優《やさ》しさが、切なかった。

こんなに優しい人なのに、もうすぐ離《はな》れなきゃいけないなんて……。

理緒は決心して、泉にむかって手を合わせた。

吟蔵が私《わたし》のために願いごとを使ってくれるのなら、私の願いは……。

「吟蔵の夢《ゆめ》がかないますように」

吟蔵が、うれしそうな、あきれたような、複雑《ふくざつ》な顔になる。

「……せっかく俺の分、譲《ゆず》ってやったのに、それじゃ意味ねぇだろ」

「そうかな？　でも、これも私の夢《ゆめ》だし」

「……もうひとつは？」

理緒は、いたずらっぽく笑った。

「それは……教えない」

「なんだよ、気になるだろ」

「ひみつ～」

それから二人は、吟蔵の通う高校へとやってきた。

校庭は部活をする生徒たちでにぎわっていたが、校舎《こうしゃ》の中はしんとしていて、すごく静かだ。

職員室《しょくいんしつ》前の廊下を通《とお》り過《す》ぎて、三年生の教室の中へと入る。

「席は？」

「窓際《まどぎわ》の一番後ろ」

理緒は、言われた席に座《すわ》ってみた。

吟蔵、いつもこの席で、授業《じゅぎょう》受けたりしてるんだぁ……。

ちょっとイタズラがしたくなって、吟蔵の目を盗《ぬす》んでノートのきれはしにさかさかっと文字を書きつけ、こっそりと机の中に戻しておいた。それから、

「吟蔵、隣座《となり》って」

手招《てまね》きして、吟蔵を隣の席に座らせる。

こうしていると、なんだか、本物のクラスメイトになった気分だ。

「かわいいな」

にこにこする理緒を見て、吟蔵が言った。

え、と理緒が動きを止める。

吟蔵は目を細めて、優《やさ》しく言った。

「その制服《せいふく》、似合《にあ》ってる」

ほわっと、胸《むね》の中《なか》にうれしい気持ちが広がって、理緒は頬《ほお》を赤らめた。

吟蔵がすっと左手を差し出す。理緒も右手を出して、きゅっと手をつないだ。

「同じ学校だったらよかった。そしたら毎日会えるし、毎日制服《せいふく》デートできたのにね」

意味のないことだと知りつつ、理緒は、想像《そうぞう》せずにはいられなかった。

もし自分が、この村に生まれていたら。
吟蔵と一緒《いっしょ》に、いつまでもいられたら。
窓《まど》からいっぱいに差《さ》し込《こ》む夕陽《ゆうひ》が、二人しかいない教室を照らしていた。

9 最後の一日

八月三十日。

とうとう、上湖祭《うえこまつ》りの日が来てしまった。

三十日は、「上湖祭りの日」。

そして、翌日《よくじつ》の三十一日は、「帰る日」だ。

「短かったな……」

カレンダーのメモ書きを見つめて、理緒《りお》はぽつりとつぶやく。

お祭り会場にむかおうと外に出ると、成瀬《なるせ》そばの前で待《ま》ち構《かま》えていた万里香《まりか》と鉢合《はちあ》わせした。

「ちょっといいかな？」

万里香は、硬《かた》い口調で、そう切り出した。

「あのさ……私《わたし》も、吟蔵《ぎんぞう》にやりたいことあるのは知ってんだ。……でも、上湖には吟蔵が必要なんだよ。村には吟蔵がさ」

「……万里香さんにも、じゃないんですか？」

万里香が、はじかれたように顔をあげる。

吟蔵を必要だと思う気持ちが、理緒には痛《いた》いほどよくわかった。

吟蔵は、これからも、故郷《こきょう》に残り続ける。

そして、理緒も、ある一つの決意をしていた。

「わかってます。大丈夫《だいじょうぶ》ですよ」

万里香は、何か言いたそうにしていたが、おばあちゃんが来たのに気がついて、スッと理緒から離《はな》れていった。

上湖《うえこ》神社《じんじゃ》に続く参道の商店街は、今日は軒並《のきな》み閉店《へいてん》だ。

代わりにたくさんの出店が出て、多くの人で賑《にぎ》わっていた。

理緒は、吟蔵やさつき、ナミオたちと一緒《いっしょ》に、参道の途中《とちゅう》にある公民館に集まってい
た。この公民館が、ジョニーこと醸二《じょうじ》のライブの会場なのだ。

集まった学生スタッフたちはみな、お揃《そろ》いの水色の『上湖村人』T《ティー》シャツを着ている。

「明日《あした》でお別れなんてさびしいよ～」

さつきにそう言われて、理緒は「私《わたし》もさびしい！」と眉《まゆ》じりを下げた。

長かった上湖祭りの準備《じゅんび》。

今日はその集大成だ。

「よし、盛《も》り上《あ》げようぜ！」

ナミオがみんなを見まわして、カツを入れる。一同は「おぉ！」と、気合を入れて、そ
れぞれの持ち場に散っていった。

吟蔵がやってきて理緒に、

「ライブ終わったら、祭り、まわろう」

「うん」

理緒がうなずく。

ナミオが遠くから「吟蔵！」と、声を張《は》り上《あ》げた。

「プロジェクターの最終チェック、よろしくな」

本番を控《ひか》え、みんなあわただしく立ち働いている。

「後でな」

吟蔵はそう言うと、理緒の頭をクシャッとかきまわして、プロジェクターのほうへと走っていった。

吟蔵にふれられたところが、なんだか熱い気がする。

理緒はかきまわされた髪《かみ》にふれながら、吟蔵の後《うし》ろ姿《すがた》をさびしげに見つめた。


ライブ会場の入り口扉《とびら》には『ジョニーライブ』のフライヤーが一面に貼《は》られていた。

客席は超満員《ちょうまんいん》。

観客たちはみな、期待に満ちた表情《ひょうじょう》で、いまかいまかとライブが始まるのを待っていた。

「去年よりすげぇ人だな。なんか客も若返《わかがえ》ってるし」

舞台袖《ぶたいそで》から客席をうかがって、吟蔵が圧倒《あっとう》されたようにつぶやく。

ナミオが、ぽんと吟蔵の肩《かた》をたたいた。

「おまえのフライヤーが呼《よ》んだんだ！　インスタでも、すんげぇ評判《ひょうばん》だから！」

ストレートにほめられ、吟蔵は、はにかんだ。

やがて時間になり、ライブが始まる。

公民館の中の灯《あか》りが消えると、歓声《かんせい》が響《ひび》きわたった。

スポットライトがステージを照らす。そこには、黄色いバンダナをつけ、革のベストを着た醸二やバンドメンバーの姿《すがた》があった。

「盛《も》り上《あ》がっていくぜ！」

スピーカーから、大音量のイントロが流れ出す。

会場のあちこちから、「ジョニー！」と黄色い悲鳴があがる。

醸二はマイクを勢《いきお》いよくつかんで、歌い始めた。

理緒は、会場のいちばん後ろに立って、醸二のライブを見物していた。

映像係《えいぞうがかり》の吟蔵は、今も舞台袖《ぶたいそで》で、曲の最中に流す映像の操作《そうさ》に追われているのだろう。

ステージの両端《りょうたん》には大きなスクリーンがあり、曲のイメージに合わせて映像が次々と切《き》り替《か》わる手筈《てはず》なのだ。

曲が替わり、映像もパッと切り替わった。

理緒たちが作った、上湖村のＰＲ《ピーアール》動画だ。

ハート型の湖を見降《みお》ろす理緒と吟蔵の後《うし》ろ姿《すがた》が、画面の中に小さく映《うつ》ったのを見て、理緒ははっとした。

今の映像……私と吟蔵が一緒《いっしょ》に叫《さけ》んだ場所だ……。

ひとつ思い出したら、吟蔵とのたくさんの記憶《きおく》が、次々と頭の中によみがえってきた。

初めて会ったとき、ショップカードをくれたこと。

森で道に迷《まよ》った理緒を、吟蔵が迎《むか》えに来てくれたこと。

暗い山道を、背負《せお》って歩いてくれたこと。

初めての告白は、ふられてしまったこと。

でも……それからも、一緒《いっしょ》に川遊びをしたり、お祭りの準備《じゅんび》をしたり、すごく楽しくて。

一緒に花火を見られたのは、最高に幸せだった。

付き合うようになってからは、もっともっと楽しくて。

吟蔵と、バイクで二人乗りする、あの爽快感《そうかいかん》は、忘《わす》れられない。

きれいな滝《たき》の場所を教えてくれたり、制服《せいふく》で高校に忍《しの》び込《こ》んだり。

どの瞬間《しゅんかん》も、本当に楽しかった。

全部、期間限定《げんてい》の思い出だけど——。

じわりと目の周りが熱くなって、今にも涙《なみだ》がこぼれそうになったけど、理緒は顔に力を入れてぐっとこらえた。

みんながステージに熱中しているうちに、こっそりと会場の外に出る。

公民館の前では、颯太《そうた》が荷物を持って待っていた。

「本当にいいの？」

理緒の顔を見て、颯太が心配そうに聞く。

「うん」

さびしい気持ちを押《お》し隠《かく》して、理緒はうなずいた。


ようやく仕事の終わった吟蔵は、客席で、理緒の姿《すがた》を探《さが》していた。

客席で鉢合《はちあ》わせしたさつきに聞いてみる。

「理緒知らないか？」

「そういえば見ないね。どこだろ？」

さつきは、辺りをきょろきょろと見まわして、首をかしげた。

まさか、という思いが、胸《むね》の内《うち》をよぎり、吟蔵は外にむかって駆《か》けだしていた。

ずらりと並《なら》んだ屋台の中に、おばあちゃんの姿を見つけて立ち止まる。

「ばあちゃん！　理緒知らない？」

いきおいよく聞くと、おばあちゃんは答えづらそうに目をそらした。

「ばあちゃん！」

やはり理緒になにかあったのだと確信《かくしん》して、吟蔵は声を荒《あら》らげた。

真剣《しんけん》な吟蔵の気迫《きはく》に押《お》されてか、おばあちゃんはゆっくりと口を開いた。

「吟ちゃん、実はね……」


おばあちゃんの話を聞いた吟蔵は、血相を変えて走りだした。

停《と》めていたバイクにまたがり、エンジンをかける。

「吟蔵！」

追いかけてきた万里香が背後《はいご》から呼《よ》び止《と》めるが、吟蔵の耳には入らない。

吟蔵は飛びだすように、バイクを発進させた。

急がないと……！

あせる吟蔵の頭の中に、おばあちゃんとの会話がよみがえる。

「理緒ね、急に、今日東京に帰るって言いだして」

「え？　だって、明日《あした》帰るって言ってたのに……」

「みんなと別れるのが、悲しいからって」


だからって、黙《だま》って行くなんて……。

吟蔵は、唇《くちびる》をかんだ。

だけど、追いかけて、自分はいったい、理緒になにを言うつもりなのだろう。

もともと、期間限定《げんてい》で始まった恋《こい》だった。

だって、理緒は東京に住んでて、俺《おれ》はここに住んでる。ずっと一緒《いっしょ》になんて、いられるわけがない。

それは、わかっている。だけど――。

吟蔵は、もどかしい思いで、バイクを走らせた。

このままもう理緒に会えないなんて、絶対《ぜったい》に、絶対に、嫌《いや》だ！

自然に囲まれた線路を、電車がゆっくりと走っていく。

理緒は、走る電車の振動《しんどう》に身を任《まか》せて、流れていく景色をぼんやりと眺《なが》めていた。

吟蔵と、きちんとお別れをしなかったことを、いつか後悔《こうかい》するかもしれない。

だけど、どうしても、直接《ちょくせつ》さよならを言いたくなかった。

吟蔵の顔を直接見たら、きっと泣いてしまう。

「りーおー！」

電車が走る音にまぎれて、聞きなれた声がした気がした。

はっとして、外の様子をうかがうと、ヒマワリ畑に囲《かこ》まれた道をバイクが走ってくるのが見えた。

吟蔵だ。

「なんなんだよ！」

吟蔵は、理緒にむかって声を張《は》り上《あ》げた。

「なんで勝手に行っちゃうんだよ！」

理緒は窓《まど》ガラスから顔をそむけた。

「あ！」

隣《となり》の颯太が、声をあげた。

「え？」

はっと窓の外を見ると、吟蔵が、バイクごと転倒《てんとう》していた。

道路に倒《たお》れ込《こ》んだ吟蔵は、すぐに身体《からだ》を起こして立ちあがる。

今すぐ吟蔵に駆《か》け寄《よ》りたい衝動《しょうどう》に駆られ、理緒は必死にこらえた。

電車が大きなカーブを曲がり、吟蔵の姿《すがた》が見えなくなる。

追いかけてきてくれるなんて、思わなかった。

最後まで、こんなに優《やさ》しいなんて、ずるいよ……。

吟蔵に会えて、楽しかった。人生で最高の夏になった。それだけは、変わらない。

もしかしたらもう、会えないかもしれないけど。

——こうして、八月の終わりとともに、私《わたし》の青夏《あおなつ》が終わった。

10 決意

東京に帰るとすぐに新学期が始まり、理緒《りお》はあっという間に、日常《にちじょう》へと引《ひ》き戻《もど》された。

天高くそびえる高層《こうそう》ビル群《ぐん》に、ぎゅうぎゅうに人が詰《つ》まった電車。

渋谷《しぶや》のスクランブル交差点は、一日中途切《とぎ》れることなく、たくさんの人たちが行きかっている。

東京での毎日はいつもあわただしくて、上湖村《うえこむら》での、あのきらきらした毎日が、うそみたいだ。

にぎやかさのかわりのおだやかさとか、便利さのかわりの空の広さとか、夜の灯《あか》りのかわりの星空とか、そういうものが、なつかしくて仕方がない。

なにより恋《こい》しいのは、好きになった人のこと。

「やっぱり運命の人なんか転校してこないよね。ってか女子校だし」

学校にいるときは、そんなふうに明るく話して、元気を装《よそお》ってみる。
だけど、ふとしたときに、やっぱりいつも吟蔵《ぎんぞう》のことを考えてしまうのだった。
金魚の金蔵《きんぞう》は、理緒の部屋で、窓辺《まどべ》に金魚鉢《きんぎょばち》を置いて飼《か》っている。

「失礼しました」
吟蔵は、軽く会釈《えしゃく》して、職員室《しょくいんしつ》の扉《とびら》をしめた。
手にしているのは、白紙の『進路希望調査《ちょうさ》』票だ。
夏休み前までは、上湖村を離《はな》れるつもりなんて、まったくなかった。
でも、今、吟蔵の気持ちは、揺《ゆ》らいでいる。
東京に行って、デザインの勉強がしたい。
それに、東京に行けば、理緒に会える。
吟蔵は、スマホを開いて、一枚《まい》の画像《がぞう》を表示《ひょうじ》した。
お祭りのときに撮《と》った、金魚すくいをする理緒の写真だ。理緒が帰ってしまってから、もう何度、この画像《がぞう》を見たかわからない。

理緒は金魚すくいがあまりに下手で、一匹《ぴき》もとれなかった。吟蔵が金魚をとってあげたら、子どもみたいにはしゃいで、よろこんでくれたっけ。

また、理緒に会いたい。

もどかしい気持ちを抱《かか》えたまま、吟蔵は教室に戻《もど》り、帰《かえ》り支度《じたく》を始めた。机《つくえ》の中から教科書を出すと、ひらりと一枚の紙が床《ゆか》の上に落ちた。

紙を拾った吟蔵は、見慣《みな》れた筆跡《ひっせき》を目にして、息をのんだ。

文面を読むにつれ、ゆっくりと、その顔に笑《え》みが広がる。

迷《まよ》っていた気持ちが、いつのまにか固まっていた。

吟蔵は万里香《まりか》を、橋の上に呼《よ》び出《だ》した。夏に理緒が橋桁《はしげた》から川へと飛《と》び込《こ》んだ、あの場所だ。

吟蔵が自分の意思を告げると、万里香は急に、がばっと自分の耳を両手でふさいだ。

「あーあーなにも聞こえない！　これ以上なにも聞かない！」

「ちゃんと聞けって」

「嫌《いや》だ、聞きたくない！」

万里香はわめきながら、橋の縁《ふち》に立った。

「言っておくけど！　泳げなくたって、私《わたし》だってこれぐらいできるんだから！」

そう宣言《せんげん》すると、止める間もなく、川へと飛《と》び込《こ》んでいく。

「万里香！」

吟蔵はあわてて、手すりから身を乗り出した。

水しぶきがあがり、水面から、万里香がぷはっと顔を出す。

万里香は立ち泳ぎをしながら、キッと吟蔵をにらみつけて叫《さけ》んだ。

「助けろよ！　あたし泳げないの知ってんじゃん！」

「万里香の設定上《せっていじょう》、な。本当は泳げんだろ」

言い当てられて、万里香がぐっと口をつぐむ。

吟蔵は小さく笑うと、勢《いきお》いよく手すりをまたいだ。

そのまま、ばしゃんと川に飛《と》び込《こ》む。

水面から顔を出すと、ぎょっとした様子の万里香と目が合った。

「俺《おれ》、決めたから」

吟蔵は、力強く告げた。

「上湖が好きだから、遅《おそ》くなった」

夢《ゆめ》か、故郷《こきょう》か。

なかなか決められずにいた自分の背中《せなか》を押《お》してくれたのは、教科書に挟《はさ》まっていた、あの紙切れだ。

「あたしだって……」

万里香はうめくように言って悔《くや》しげに吟蔵をにらんだ。

「好きな人の好きなこと応援《おうえん》したいよ！　だけど、それじゃ吟蔵ここからいなくなるだろ！」

万里香が、こういう反応《はんのう》をするだろうことは、予想できた。

返す言葉もない。自分は、故郷よりも夢を選んだ。それは事実だ。

「東京でもどこでも行っちまえ！」

万里香の叫《さけ》び声が、渓谷《けいこく》に響《ひび》いた。


放課後、下校しようと校門を抜《ぬ》けた理緒は、祐真《ゆうま》の姿《すがた》を見つけて立ち止まった。

「菅野《かんの》くん……」

「連れていきたいところ、あるんだ」

真剣《しんけん》な様子でそう言われ、理緒は言われるがまま、祐真についていった。

二人並《なら》んで、原宿駅《はらじゅくえき》へとむかう。

交差点は、相変わらずものすごい人だった。

信号が青になり、交差点を渡《わた》ろうとしたとき、祐真は突然《とつぜん》なにかに気が付いたように動きを止めた。

「どうしたの？」

理緒が不思議そうに聞く。

祐真は、ごまかすように首を振《ふ》ると、

「やっぱりそっちから行こう」

と、地下鉄の入り口を指さした。

不思議に思いつつ、理緒は地下鉄への階段《かいだん》を下り始めた。


祐真が、原宿の人ごみの中で見つけたのは、吟蔵の姿《すがた》だった。

吟蔵の行き先は、奈緒《なお》の働く広告デザイン会社。もらった名刺《めいし》のアドレスに連絡《れんらく》を入れ、時間を作ってもらったのだ。

奈緒に、自分の作品を見てもらいたかった。

上湖村育ちの吟蔵にとって、一人で東京を訪《おとず》れるのは、それだけですごく勇気の要《い》ることだった。

オフィスのロビーにあるラウンジスペースで、奈緒と向かい合う。吟蔵は、持参したスケッチブックを奈緒に渡《わた》した。これまでに作ったデザインをまとめた作品集だ。

奈緒は、スケッチブックにじっくり目を通すと、顔をあげた。

「吟ちゃん、美大で勉強したほうがいいよ。これだったら、今からでも間に合うと思う」

「本当ですか？」

吟蔵が、思わず前のめりになる。

「うん。まだまだ粗削《あらけず》りだけど、吟ちゃんセンスあるよ」

奈緒にそう言われて、吟蔵はやっと、こわばっていた表情《ひょうじょう》をゆるめた。

「ありがとうございます！」

うれしそうに言って立ちあがる。

出ていこうとする吟蔵に、奈緒が「ねぇ」と声をかけた。

「吟ちゃん、東京に来てるって、理緒には連絡《れんらく》したの？」

とたんに、吟蔵の表情が曇《くも》る。スケッチブックを抱《かか》えたまま、視線《しせん》を足元に落とすと、
小さな声でつぶやいた。

「……理緒には言わないでください」

「どうして？」

「まだ合格《ごうかく》するかわからないし、ちゃんと自分の夢《ゆめ》のスタート地点に立てたら、連絡《れんらく》するんで」

奈緒は、なにか言いたげだったが、結局は吟蔵の意思を尊重《そんちょう》することに決めたようで、

「……そう」

と、うなずいただけだった。

「はい」

吟蔵はうなずくと、忙《いそが》しいなか時間を取ってくれた奈緒に、改めてお礼を言った。

脇《わき》に抱えたスケッチブックが、来たときよりもずっしりと重く感じる。

粗削《あらけず》りだけど、センスがある。

奈緒に言われた言葉が、心の中で、行く先を照らす光のように輝《かがや》いていた。

歩道の手すりから身を乗り出して、理緒は、わぁっと顔を輝かせた。

おだやかな海のむこうに、高層《こうそう》ビルが立ち並んでいる。

祐真が理緒を連れてやってきたのは、お台場《だいば》のレインボーブリッジだった。道路の両端《りょうたん》に歩道が備《そな》え付《つ》けられていて、歩いて渡《わた》れるようになっているのだ。

「知らなかった、レインボーブリッジって歩いて渡れるんだね」

うれしそうな理緒の様子を見て、祐真も満足げだった。

「東京に住んでても、知らないよね。ずっと理緒ちゃんに見せたかったんだ」

理緒の顔が、ふいに曇《くも》る。

しかし祐真は気づかず、おだやかに話しつづけた。

「東京の橋からの眺《なが》めもいい感じでしょ？　まぁ、飛《と》び込《こ》めないけどさ」

理緒は景色に目をやりながら、硬《かた》い声で言った。

「……菅野くん、ごめん。私《わたし》、今、このきれいな景色、吟蔵に見せたいって、そう思った」

祐真が、この景色を理緒に見せたかったと言ってくれたとき。

理緒の頭をよぎったのは、吟蔵の顔だった。

「美味《おい》しいもの食べたときとか、おもしろいもの見つけたときとか、きれいな景色を見たとき、あぁ吟蔵だったらなんて言うだろうって、吟蔵に見せたいって、そう思うの」

理緒はそう言うと、祐真のほうをふりかえった。

「ごめんなさい」

と、頭を下げる。

祐真は、悔《くや》しそうにうつむいたが、やがて、決心したように口を開いた。

「……さっき、原宿で吟蔵さん見かけたんだ」

吟蔵が東京に!?

「理緒ちゃんの言う通り、運命ってあるのかもしれないね」

ぎこちなく言うと、祐真はへたくそな笑顔《えがお》を作って、理緒に優《やさ》しく微笑《ほほえ》みかけた。

「行きなよ」

つられるように、理緒もゆっくりと微笑む。

「菅野くん、ありがとう」

そう告げると、理緒は走りだしていた。

吟蔵が、まだ原宿にいるかはわからない。

でも、行かなきゃ。

電車を乗《の》り継《つ》いで、原宿駅へ。

改札を抜《ぬ》けると、駅前の交差点は、たくさんの人であふれていた。


吟蔵は、渋谷駅のバスターミナルで、リムジンバスが来るのを待っていた。

ポケットから取り出したのは、教科書に挟《はさ》まっていたあの紙。

それは、学校に忍《しの》び込《こ》んだときに、理緒がこっそりと吟蔵の机《つくえ》の中に隠《かく》した紙だった。

紙には、金魚のイラストと、短い文章が書かれていた。

『もうひとつの願いは、吟蔵とキスしたい！』

理緒の字だった。

そんなささいな願いすら、かなえてやらなかった自分が、つくづく情《なさ》けなくなってくる。

夏休みの間じゅう、毎日のように理緒と一緒《いっしょ》にいたのに……結局、キスは一度もしていない。

理緒の字をじっと見つめていると、ふいにポケットに突《つ》っ込《こ》んだスマホが振動《しんどう》した。

着信は、理緒からだ。

声を聞きたくてたまらない気持ちに駆《か》られたが、吟蔵はスマホの電源《でんげん》を切ると、ふりきるようにポケットの中にしまった。

連絡《れんらく》するのは、夢《ゆめ》をかなえるスタート地点に立ってから。

そう決めていた。


理緒は、行きかう人の中に、吟蔵の姿《すがた》を探《さが》していた。

こんなにたくさん人がいるのに、たった一人の、かけがえのない相手が、どうしても見つからない。

あちこち駆《か》けずりまわったが、結局吟蔵の姿は見つけられず、理緒は肩《かた》を落として渋谷の街を歩いていた。

ふと、花屋さんの店先に、ヒマワリの花が並《なら》んでいるのが目に入る。

ヒマワリ……。

理緒の頭をよぎったのは、以前、吟蔵が話していたことだった。

「修学旅行《しゅうがくりょこう》のとき、渋谷でみんなとはぐれたときあったんだ」

「神社の近くだったかな」

「迷《まよ》いこんだ路地に偶然《ぐうぜん》見つけた壁《かべ》アートがあってさ」

「あの絵、まだあるのかなぁ」

ヒマワリの壁アート。

その場所に吟蔵がいる保証《ほしょう》なんてないけど……でも、なんとなく、その壁アートを見つければ吟蔵に会える気がして。

理緒は渋谷を走りまわり、ヒマワリの壁アートを探《さが》しまわった。

路地裏《ろじうら》に入り、あちこち行ったり来たりしては、やみくもに歩きまわる。

息が切れて、足もすっかり痛《いた》くなってきたけど、壁アートはいっこうに見つからなかった。

もしかして、もう、消されちゃったのかな……だとしたら、見つかるわけないか。

あきらめを感じつつ、行き当たった角を曲がると、小さな神社があった。

神社の近く、という吟蔵の言葉を思い出し、もう少し探してみることにする。

そして、理緒は、はじかれたように足を止めた。

「…………」

理緒は、目を見張《みは》ったまま、その場に立《た》ち尽《つ》くした。

行き着いたのは、大きな古いアパート。その壁《かべ》一面に、ヒマワリの壁アートが広がっていた。

ここだ。

吟蔵が、ヒマワリを見つけた場所。

理緒は、周囲の様子をうかがった。しかし、吟蔵どころか、人が通りかかる気配すらない。

やっぱり、いるわけないか。

でも、見つけられてよかったな。吟蔵が好きになった壁アート、この目で見てみたかったから……。

理緒は、壁《かべ》の上のヒマワリ畑を、改めて見まわした。

鮮《あざ》やかな色遣《いろづか》いで描《えが》かれたヒマワリは、すごくきれいだった。本物そっくりで、まるで写真を見ているみたいだ。

そのとき、背後《はいご》から足音が聞こえてきた。

足音が止まり、近くに人の気配を感じてふりかえった理緒は、その場に固まってしまった。

吟蔵が、立っていたのだ。

「……なんでここにいるんだ？」

吟蔵も、驚《おどろ》いているようだった。

顔を見たら止まらなくて、理緒は、思わず叫《さけ》んでいた。

「なんで連絡《れんらく》してこないんだよ、バカ！」

驚いたやらうれしいやら、いろいろな感情《かんじょう》があふれてきて、理緒の目から涙《なみだ》がこぼれた。

「バカって……」

理緒の剣幕《けんまく》に、呆気《あっけ》にとられたようにつぶやいた吟蔵は、はっと我《われ》に返り、一拍遅《いっぱくおく》れて言い返した。

「理緒だって勝手に帰ってんじゃねぇよ！」

「だって……」

しどろもどろになる理緒を、吟蔵が唇《くちびる》を引き結んでにらみつけた。

それから、ふっと肩《かた》の力を抜《ぬ》いて、静かに言う。

「親父《おやじ》に頭下げたんだ。俺《おれ》に時間くれって。来年、卒業したら、東京来ることに決めた」

理緒は、吟蔵の顔をまじまじと見つめた。

落ち着いて話す吟蔵の表情《ひょうじょう》に、迷《まよ》いはない。

「俺、絶対《ぜったい》デザイナーになってみせる。それで祭りのときみたいに、上湖をいろんな人に広めるんだ」

そう言うと、吟蔵は、いたずらっぽく付け加えた。

「理緒が、俺の運命、ひっくり返したんだからな」

私《わたし》が、吟蔵の運命を……。

そんなことはない、と思った。

吟蔵が自分でした決断《けつだん》だ。

だけど、もしも自分の存在《そんざい》が、ちょっとでも吟蔵の背中《せなか》を押《お》したのなら……すっごく、うれしい。

「だから理緒……来年まで待っててほしい」

吟蔵が、東京に来る。ずっと、一緒《いっしょ》にいられる。

そう思ったらうれしくてしかたがなくて、理緒はぽろぽろと泣きだしてしまった。

吟蔵は理緒の前に立つと、優《やさ》しく見下ろして告げた。

「理緒、好きだ」

「うん、私も」

理緒は吟蔵の首に腕《うで》をまわした。

「大好き！」

吟蔵が、理緒に顔をむけ、唇《くちびる》を寄《よ》せる。

答えるように、理緒はキュッと目をとじた。
唇《くちびる》が触《ふ》れ合《あ》う。
初めてのキスだ。
吟蔵が、理緒の二つ目の願いごとを、かなえてくれた。
幸せがあふれてきて、たまらなくて、涙《なみだ》が止まらなかった。

ずっとずっと、運命の恋《こい》に憧《あこが》れてた。
出会いたい運命がある。見つけたい運命がある。
だけど、自分で作る運命があってもいいと思うんだ――。

END

傑《けっ》作《さく》ストーリー！
カルビ』
大人《にん》気《き》発《はつ》売《ばい》中《ちゅう》♪
Kodansha Comics
BETSUFURE
いちごカルビ
南波あつこ
Atsuko Nami
アイドル志望《しぼう》だけど、
オーディション
全戦全敗《ぜんせんぜんぱい》の杏奈《あんな》。
行《ゆ》き詰《づ》まった女子高生《じょしこうせい》2人《ふたり》が
お笑《わら》いコンビ「いちごカルビ」を結成《けっせい》!!
“いちごカルビ色《いろ》”カバーの
単行本《たんこうぼん》は永久保存《えいきゅうほぞん》モノだよ☆

南《なん》波《ば》あっこの大《だい》
KC《ケーシー》「いちご
おいしく熟《じゅく》して
みなさん おまたせしました!!
「いちごカルビ」の いちご担当《たんとう》
いちごみたいに キュートな♡ 杏奈《あんな》です!!
目指《めざ》すは 焼《や》き肉界《にくかい》のセンター ポジション!!
「いちごカルビ」の カルビ担当《たんとう》☆ 優希《ゆき》です!!
おおお
あんな!!
人前《ひとまえ》でうまく話《はな》せなくて、自分《じぶん》を変《か》えたい優希《ゆき》。
文化祭《ぶんかさい》で一緒《いっしょ》にステージに
立《た》つことになって…!?
青春《せいしゅん》お笑《わら》い
友情《ゆうじょう》ストーリー、
開幕《かいまく》☆

ーヒット純《じゅん》情《じょう》ラブ
幼《おさな》なじみのお兄《にい》ちゃんと
やさしい同級生《どうきゅうせい》の間《あいだ》で
揺《ゆ》れる想《おも》い。
中《ちゅう》3の仁菜《にな》は隣《となり》に住《す》む
1コ上《うえ》の京介《きょうすけ》が大好《だいす》き。
でも、京介《きょうすけ》は振《ふ》り向《む》いて
くれなくて…。
そんなとき、やさしく
寄《よ》り添《そ》ってくれる同級生《どうきゅうせい》の
三宅《みやけ》があらわれて!?
し」
全《ぜん》10巻《かん》
好《こう》評《ひょう》発《はつ》売《ばい》中《ちゅう》

南波《なんば》あつこのスーパ
仁《に》菜《な》が隣《となり》で愛《あい》を誓《ちか》うのは――!?
1コ上《うえ》の京介《きょうすけ》は野球部《やきゅうぶ》で活躍《かつやく》!
「つきあって」
「好《す》きなの」
同級生《どうきゅうせい》の三宅《みやけ》はテレ顔《がお》が魅力《みりょく》☆
俺《おれ》といて
KC《ケーシー》
「隣《となり》のあなた

本編で描かれなかった中学時代のエピソードが、ここに！
小説ちはやふる
中学生編
全4巻
各667円(税別)
時海結以
原作・イラスト　末次由紀

累計33万部突破の
大人気ノベライズ・シリーズ!!
一
時海結以
小説
ちはやふる
中学生編
千早と太一の不器用な青春!
二
時海結以
小説
ちはやふる
中学生編
綿谷新の知られざる中学時代!
三
時海結以
小説
ちはやふる
中学生編
若宮詩暢の心に秘めた友情!
太一の章も同時収録!
四
時海結以
小説
ちはやふる
中学生編
千早・奏・太一の今日に繋がる物語!

この講談社KK文庫を読んだご意見・ご感想などを下記へお寄せいただければうれしく思います。なお、お送りいただいたお手紙・おハガキは、ご記入いただいた個人情報を含めて著者にお渡しすることがありますので、あらかじめご了解のうえ、お送りください。

〈あて先〉
〒112−8001 東京都文京区音羽2−12−21
講談社児童図書編集気付　有沢ゆう希先生

この本は、映画『青夏 きみに恋した30日』（2018年8月公開／持地佑季子・脚本）をもとにノベライズしたものです。また、映画『青夏 きみに恋した30日』は、講談社別フレKC『青夏 Ao-Natsu』（南波あつこ）を原作として製作されました。

講談社KK文庫 A27-8

小説《しょうせつ》 映画《えいが》 青夏《あおなつ》 きみに恋《こい》した30日《にち》

2018年7月4日 第1刷発行（定価はカバーに表示してあります。）
2019年12月23日 第4刷発行

著　者　有沢《ありさわ》ゆう希《き》
原　作　南波《なんば》あつこ
脚　本　持地佑季子《もちじゆきこ》

発行者　渡瀬昌彦
発行所　株式会社 講談社
〒112−8001 東京都文京区音羽2−12−21
電話 編集 東京(03)5395−3535
販売 東京(03)5395−3625
業務 東京(03)5395−3615

印刷所　株式会社新藤慶昌堂
製本所　株式会社国宝社
本文データ制作　講談社デジタル製作

講談社

N.D.C.913　175p　18cm　Printed in Japan　ISBN978-4-06-511969-3